クルト＝オズホーン
22歳
回復魔法を使う光の魔術師。
幼少から人一倍冷静で優秀。
サロンの視察に訪れソフィに出会う。
ソフィ＝オルゾン
17歳
裕福な商社の一人娘。
皮一枚程度しか癒せない魔力を使い、
治癒するためのサロンを開く。
化物嬢ソフィのサロン
～ごきげんよう。皮一枚なら治せますわ～

ヤオラ
13歳
のどかな田舎村生まれ。
13歳で都会から疎開してきた
アンジェリーナと出会い大親友に。
アンジェリーナ＝ベルガメリ
13歳
妾の子として都会に生まれる。
父親に目を付けられ始めた13歳のとき
戦争が起こり田舎に疎開、ヤオラに出会う。

化物嬢ソフィのサロン
～ごきげんよう。皮一枚なら治せますわ～
作 紺染幸
Sachi Konzome
絵 ハレのちハレタ
Harenochihareta
Salon de Sopfie, Lady Monster
~It's a pleasure to meet you.
I can fix a piece of skin~

contents

化物嬢ソフィ

春を予感させる香りをわずかにはらんだ風が、大きな船が停泊する港街の夜を漂う。

その街の中心からやや港寄りに構えられた、庭のある石造りの立派な屋敷の中。静寂を切り裂くように、女の悲鳴が響いた。

「何事だ」

書類にサインをしていたこの屋敷の主人が、椅子を引いてペンを置く。

「お嬢様が！」

バタンと執務室の扉がノックもされずに勢いよく開き、髪を振り乱したふくよかな侍女が走り込んだ。

「お嬢様が、お部屋の窓から落ちました！」

ガタン
揺れた机を黒いインクが汚す。

奇《く》しくもその日は彼の一人娘、ソフィの一七歳の誕生日前夜であった。


私、田中まり子は五七歳である。

一八歳で妊娠し、短大をやめ娘を産み、一九歳で夫を事故で亡くした。

娘は生まれつき、ひどい皮膚病だった。

古くて狭いアパートで、やわらかい肌をかきむしろうとする小さな手をぎゅうっと握りながら、かかないで、泣かないで。ごめんね、ごめんねと、一緒に泣きながら夜を過ごした。

幼稚園に上がった娘には友達ができなかった。

小学校ではくさい、汚いと言って避けられた。

皆が当たり前に持つ健やかな肌に産んであげられなかった自分を、許せなかった。


夫の命と引き換えに得たお金が底をつく前に介護の仕事を始めた。

夜勤のある身体的にきつい仕事だったけれど、学歴も何もない自分に仕事があるだけ、ありがたかった。

片親で、家は貧乏。かゆくて痛い病気があって、母親はいつも疲れていて、夜はひとりぼっち。

そんな辛《つら》い環境で育った娘は、そのおとなしげな外見からは予想もつかない強い心でまっすぐに前を見て、ひたすらに学び続け、医師になった。

どうしてそうなったのかわからない。奨学金や進学先について相談を受けたことは一度もない。

まり子は娘の持ってくる書類に言われるがままに判を押しただけだ。


『ごめんね』

医師免許を得た娘のお祝い会を二人でやった夜、まり子は娘に謝った。

そんなつもりはなかったのに、歯を食いしばっても涙が落ちた。

若すぎる身で産んだこと。

皆が持つ当たり前の肌に産んであげられなかったこと。

ずっと貧乏で、ろくなおやつも服も買い与えられなかったこと。

生きていくだけで精いっぱいで、皆が嬉《うれ》しげに語る華やかで楽しそうなところにも行けず、欲しいだろうおもちゃを欲しいと言わせてあげることすらできなかった。きっと不安だっただろう進路の相談にも、学がなくて少しも乗ってあげられなかった。

若さだけはあったはずなのに。気がつけばボロボロでしわしわの、みすぼらしく色褪《あ》せた、ただ、ただ産んだだけの、役に立たない母だった。

不意に娘に抱きしめられて驚いた。大きくなった娘の肌は、成長とともに少しずつ良くなり、今や季節の変わり目や体調の悪いときに少し荒れる程度の症状しか出ていない。

落ち着きのある深い目をした、しんとした空気を纏《まと》う、とても綺麗な女性になった。

『おかあさんはいつも私の味方だった』

娘が微笑《ほほえ》む。

『だから私、いつだって頑張れたよ』

娘の目からも涙が落ちた。これからいっぱい楽をさせてあげるからね、と笑った。

紹介したい人がいる、と言われたのは娘が三八歳のことだ。

大きな病院の小児科で忙しく働いているせいで、結婚する気も起きないのだろう。このまま毎日働き、二人分のご飯を作って洗濯をして掃除をして年老いていくならそれでもいいと思っていたところに、青天の霹靂《へきれき》だった。

相手は同じ医師で、今は東京で働いているがいずれ実家の病院を継ぐ予定のおぼっちゃんだというから身構えたものの、挨拶に来たのはなんというか、和菓子のうさぎ饅頭《まんじゅう》に似た男だった。

『娘さんを幸せにします』

スーツを着たうさぎ饅頭は汗をかきながら土下座した。

『よろしくお願いします』

娘も倣《なら》った。

まり子も倣った。


『ほっとけなかったのよ』

昔バザーで買った花の柄のケーキのお皿を一緒に洗いながら、夫について娘はそう言った。

そうだろうな、と思った。


娘夫婦が新婚旅行に行く、という日の朝、まり子は夜勤明けだった。

一人暮らしになった部屋の鍵を開け、鍵をかけて荷物を置き靴を脱ぎながら電気のスイッチを押そうとしたとき、ぶつん、と耳の後ろで音がした。不意に誰かに叩《たた》かれたような感触だった。

強盗!? と思い、いや違う、と気づいた。

電気はつけていないが朝だから光はあるはずなのに、左側だけ塗りつぶされたように真っ黒だ。

足がもつれ、支えようにも左手が動かず、そのまま玄関に倒れ込む。

つい先日見た医療番組『おうちの医学』でやっていた症状と同じ。

昔研修も受けた。脳卒中、いや、脳梗塞だったか。とにかく今まで感じたこともないようなとんでもない痛みが頭を襲っている。

動く右手でバッグを探ろうとした。こつんと携帯電話に触れる。救急車、と震えながらボタンを押そうとした手が、ふ、と止まった。

『おうちの医学』の一場面がよぎる。

『Aさんは早期の発見と治療により幸いにも一命を取り留め、現在は毎日リハビリを続けています』

にこやかなナレーター、白いベッドに横たわる老人。

微笑みながら介助する家族。

その家族の顔に、娘の顔が重なる。

たとえ自分にどんな後遺症が残っても、あの子は絶対に母親を見捨てない。

新婚の明るい生活や、やりがいのある仕事。もしかしたらこれから授かるかもしれない、命の可能性。そのすべてを捨ててでも母親の世話をする。そういう子だ。母親が何もしていないのに、あの子はそんな素晴らしい人間に育った。

痛いのもかゆいのも自分なのに、泣きながら薬を塗る母親を見つめ、心配する子だ。

狭い部屋で母親の遅い帰りを待ちながら、電気代を惜しみスタンドの電気だけで、寒さにも暑さにも耐えて勉強を続けた子だ。

痛みと苦しみを知っているからこそ人に優しくできる、素晴らしい医師になった。

弱気で頼りなげな夫を支える、凜《りん》とした妻になった。

我慢ばかりだった娘の人生に、ようやく訪れた春を。

私は誰にも奪わせはしない。絶対に。

操作を止め力を抜いたまり子の手から、携帯電話が滑り落ちた。

ことんと冷たい玄関の床に頭をつけた。

どうか娘が旅行を楽しんでくれますように。

まり子の最後の願いは固い床に吸い込まれ、やがて消えた。


──と、いう記憶を、ソフィ＝オルゾンは思い出した。自室のベッドの上で。


ガシャーンと大きな音が響く。見れば部屋に入ってきたクレア……ふくよかな侍女が水差しを派手にぶちまけている。

「お……お嬢様！」

「おはようクレア」

「わわわわわたくし皆に知らせて参ります！」

転がる毬《まり》のようにクレアが飛び出していく。床に倒れたままの銀の水差しから零《こぼ》れた水が、カーペットをじわじわと濡《ぬ》らしていく。

ぼんやりとソフィはそれを見ていた。先ほど流れ込んできた記憶が、まだ頭の中をグルグルと回っている。


かつてまり子だった自分は、だが今はソフィである。

そして、ソフィは。

手を重ねると、ザラリ、とした慣れた感触がした。そこに目をやればやはり見慣れた、一〇代とは思えないようなガサガサの皮膚が映る。

ソフィは知っている。この硬い木の皮のような皮膚が、服の下にもあることを。

黄色のような緑のような奇妙な色の汁を出すぼこぼことしたものに、顔を覆われていることを。

「お嬢様」

すっ、と扉が音もなく開き、白い顔をした老齢の女性が背筋をピンと伸ばしたまま入ってきた。

きっとあの背中には鋼の板が入っているのだわ、と確かめようとした少女時代をソフィは思い出す。

「マーサ」

きりりと結ばれた乱れのない白髪、鷲《わし》のような鼻、一文字に引き締められた唇。

現れたメイド長のマーサがすっとソフィに歩み寄る。

「失礼いたします」

熱を測る仕草でソフィの額に手を当てた。そしてその屈《かが》んだ体勢のまま静かに囁《ささや》く。

『日記はいつもの場所に片づけておきました』

「日記……」

ソフィの記憶が蘇《よみがえ》る。

『人間でありたい』

そう書き、そしてそれを広げたまま、窓から。

「ソフィ！」

なめらかな美しい声が飛び込んできた。質のいい上品な深紅のドレスを翻し駆け込んできたのは、母だ。セクシーな目尻の泣きぼくろが、今は本当に涙に濡れている。

母はソフィを優しく抱きしめ、そっと一度身を放し顔を覗《のぞ》き込み、そこにあることを確かめるように額、肩と背を幾度も撫《な》でる。

「……無事で……あなたが無事で、嬉しいわ」

母の長いまつ毛を涙がほろほろと濡らして落ちていく。

その様子を、ソフィは目が覚めたような気持ちでじっと見つめた。

「お母様……」

「窓から落ちたと聞いて、心臓が縮んだ」

母に隠れて見えなかったが、後ろから父も入ってきていたようだ。プラチナブロンドを後ろで渋く結んだ自慢の父は、今はそのエメラルド色の瞳を潤ませている。

「怪我《けが》がなくて何よりだ」

それから何かを言いかけ、ぐっとこらえるように口を結ぶ。

「しばらく、ゆっくり体を休めるんだぞ」

母よりは力強い、だが優しい手がソフィを撫でる。

「ソフィが元気なら、それだけでいいのだから」

ソフィは両親に優しく見つめられ、口を開こうとして、何を言ったらいいかわからずに喘《あえ》いだ。

この優しい両親に、自分はどんな思いをさせたのか。考えるだけで涙が出る。

「いいのよソフィ。何も、言わなくていいの。元気ならそれでいいのよ」

撫でられるたびにシーツの上に落ちるゴミのようなかさかさの皮膚を、ソフィは見ていた。

ソフィ＝オルゾン、一七歳。

裕福な商社を営むオルゾン家の一人娘に生まれた恵まれた娘は生まれつき、皮膚の奇病にかかっていた。

赤子にもかかわらずなめらかな肌はほとんどない。泣くたびに唇のはしが切れ、かきむしったところからは奇妙などろりとした液が出た。

医者に見せても、どんな薬を塗っても、何も変わらない。

その異様な容姿は周囲に『化物嬢』と呼ばれ、通い始めた学園では当然のように友人はできず、疎まれ、避けられいじめられ、やがて静かに学園を去った。

『家でも勉強はできる』と優しい両親は言い、以降は大きなこの屋敷の一室にひっそりと籠もって、ソフィは家庭教師による勉強を続けた。


やがて一五歳のとき、ソフィには魔術の才があることが見いだされた。しかしそれはほんの小さな癒しの力で及ぶ範囲は薄く、『魔術を極めたところで、治せるのは皮一枚でしょう』と同情するように言われたのだった。

それでもせっかく見いだされた才なのだ。この世には皮一枚で泣く人がいるのだからと、ソフィは努力した。

魔力。その不思議な存在を、確かに自分の中に感じた。見えないけれどその何かは確かにそこにあり、ほんの少しずつ、訓練を重ねるごとに大きくなっていると感じられた。

偶然に自分に与えられた、この不思議なあたたかいもの。これを育て続ければいつか、自分にもできることに出会えるかもしれない。自分でも、人の役に立つことができるかもしれない。

もっと、もっとこつこつ訓練し続け、一六歳になったある日。奇病は、爆発するように全身に広がった。

替えても替えても包帯は汚れ、一時はスプーンを持つだけで指の皮が弾《はじ》けた。

朝起きると剝がれた皮がシーツにワサリとつもり、目はかきむしった傷から出た汁で固まって開かなかった。

泣けば涙自体が肌に滲《し》みた。唇を噛《か》み締め震えながらこらえたけれど、やはりそれは零れた。

夢なんか見るな、と言われた気がした。

死にたい、と、初めて思った。


しばらくはベッドの上で死んだように過ごしていたが、ある日新人の医師が老齢の医師に連れられてソフィの部屋に現れた。

マティアス＝アドルファン先生。

栗色のやわらかい髪と、深いブラウンの瞳。穏やかで優しい声を持つその男性は、ソフィが生まれて初めて出会った恋だった。


週に二度だけ訪れる彼を、ソフィは夢見るような気持ちで見つめていた。治りもしないのにと、ただただ苦しいだけだった診察の日が、待ち遠しくてしかたなかった。

痛みが増すので避けていた入浴を積極的に行い、どうせ汚れるのだからと投げやりに選んでいた服を、ああでもないこうでもないと考えるようになった。

ソフィが唯一誇れる父に似た色の髪を、マーサやクレアに頼んでさまざまな形に結い上げてもらった。一時は喉も通らなかった食事や菓子を、心から美味《おい》しいと思って味わえた。

日記の隅に、ソフィ＝アドルファンと書いては消した。

一度は諦め、やめていた読書と勉強を前よりも多くした。

いつか癒しの力が、彼の隣で役に立つかもしれないとまた夢想し、魔術の練習を再開した。

皮膚は相変わらずだ。よくなったかと思えば悪くなる、一進一退。でもあの頃ソフィには世界のすべてが輝いて見え、毎日が楽しくて楽しくてしかたがなかった。


そんなある日、診察の合間にふと先生がベッドサイドの花に気を取られた。

白い可憐《かれん》な花を、先生はお好きなのかしらと思い微笑みながら声をかけた。

『そのお花、お好きなのですか？』

『ええ。あ、いえ』

先生は幸せそうに、初めて見る顔ではにかんだ。

『なんだか僕の知り合いに、似ていたものですから』

先生のその表情は、その白い花に似た可憐なものこそが先生の恋なのだと、ソフィに教えた。

それからぽつぽつと、『恋』に興味があるふりをして診察の合間に先生の彼女の話を聞き出した。

いずれ結婚を考えているが、今はまだ駆け出しなので資金を貯《た》めていること。彼女には生まれつきの病気があって、高価な薬が必要なこと。悲しそうに、幸せそうに、先生は彼女のことを語った。

初恋が破れたことを、微笑みながらソフィは悟った。それでもその痛みを、そっと胸の中に押し込めた。

ソフィは今、毎日が楽しい。服を選ぶのも、髪を結うのも。ごはんは美味しくて、勉強が楽しい。

先生のお顔を見るのは切ないけれど、お会いできればやっぱり嬉しい。生きる気力すら失っていたあの日々を思えば、こんなに幸せなことはない。

こんなにも自分を明るいほうへと動かしてくれた大切な思いを、醜く汚したりしない。胸に秘めて、飲み込んで、大切にして生きていく。

そう思っていたある日、父に呼び出された。

マティアス先生が、ソフィとの婚約に応じたと。

スーッと血の気が引き、かあっと頬が熱くなった。

婚約。

マティアス先生が、夫になる。

書いては消し書いては消した『ソフィ＝アドルファン』の文字を見つめ、なぞり、その日の日記では消さずに残した。一日中それを見つめ、フワフワと地面から浮いているような気持ちで過ごした。

次の診察の日。

ソフィは一番気に入った服を着、髪をマーサに整えてもらいベッドにいた。

もうすぐ先生が入ってくる。なんてお声をかけたらいいだろう。

頬を赤く染めて先生の訪れを待っていたソフィは、ついに開いたドアの先に、真っ青に血の気の引いた、凍りついたようなマティアス先生の顔を見た。

『彼女はどうしたのかしら？』

父から先生との婚約を知らされたときに真っ先に浮かび、考えないように押し込めた疑問が、真っ黒なもやになってソフィの中を満たした。

夜。

『わたくしは反対です』

眠れずに幽鬼のようにフラフラと屋敷を彷徨《さまよ》っていたソフィは、ドアの奥から母の声を聞いた。

『金で買った、生木を裂くようにしてあてがわれた結婚があの子を幸せにするとは思えません』

ひくりと唇が引きつった。

ああ、やはり、と思った。

それ以外ないと、ソフィだって本当はわかっていた。

先生は彼女を愛している。心から。

彼女の命を守るには薬がいる。薬を買うためにはお金がかかる。だから受けた。化物との結婚を。

先生はあの白い花に似た可憐な人を好きだから。

大切で大好きな女性の命を守るために。彼女をこの世に生かすために。彼女とともにありたい自身の心を殺して、お金のために、化物と添うことにした。だって先生はそれほどに、彼女のことが大好きだから。

それ以外にあるわけがないと、ソフィだって本当は、最初からわかっていた。

どうやって自分の部屋に戻ったのか覚えていない。

心を落ち着かせようと日記帳を開き、力が入りすぎてペンが食い込みインクが滲《にじ》み、むしり取るようにページを破った。

涙が出た。ぶるぶると手が震えていた。

私は大切にしたかった。

初めての光を一生の思い出として胸に抱いて、明るいほうへ行こうと思っていた。それなのに。

『私の大好きな先生を、私の大切な宝物を、お父様はお金で買った』

文字はどうしても震えた。

『なぜなら私が先生に恋をし、私が先生を欲しがったから』

噛み締めすぎた唇から血が溢《あふ》れ、涙とおかしな液が混じって頬から日記に落ちる。

『パパは私を好きだから』

ペンが倒れる。

しばし放心した。


ふ、と意識を引かれ部屋の奥にある大きな鏡の前に立った。

普段からかけられた、めったに取られない布を引く。

映し返される暗闇の中には、化物が立っていた。

振り乱した髪の奥に、およそ人のものとは思えないようなぼこぼこの肌が見える。涙なのか液なのかわからないものでそれはびっちゃりと濡れ、てらてらとぬめるように光っている。

父に似ても母に似ても美しくなるだろう両親の間に生まれながら、顔を見た人がひっと息を呑むような娘が、育ってしまった。

それでも、両親は娘を愛したのだ。

可愛《かわい》くて大事だと思うから、娘の恋を叶《かな》えようと、金で人の心を買うという父らしくない決断をした。あの、卑怯《ひきょう》を嫌う男らしい父が。

それはソフィのためにならないと、母は声を荒らげた。あの美しく穏やかな母が。


鏡に額を付け、手をついた。そこに映る凹凸のある顔を撫でる。

「……生まれるべきではなかったわ、あなたは」

鏡の中で化物が泣いている。

そっとその、濁った涙を指でなぞる。


かわいそうなソフィ。

そこにいるだけで人を苦しめる、醜く哀れな化物。


それでもこのまま黙って結婚すれば、ソフィはマティアス先生の妻になれる。何も知らないふりをして、幸せそうに微笑んで成り行きに身を任せていればいいだけだ。

すべてを知りながら親の金で買った夫の横でにっこり微笑むそれは、間違いなく。

心の中まで腐りきった、醜悪な、化物だろう。


『私は人間でありたい。パパ、ママ大好きよ。ソフィ＝オルゾン』

日記の最後に一文を足し、ソフィは窓を開けた。

ソフィの記憶はそこまでだった。

まり子の記憶とソフィの記憶をぼんやりと反芻《はんすう》していると、ノックの音がした。

「どうぞ」

入ってきたのはメイド長のマーサだ。

「お水をお持ちいたしました」

「ありがとう」

コトンとベッドサイドに水差しが置かれる。一礼し、すっとソフィのそばに歩み寄る。

「包帯を取り換えさせていただきます」

「ありがとう」

しゅるり、しゅるりと顔の包帯が解かれる。ソフィに巻かれる前は清潔で白かったそれは一部固まっていて、緑と黄色と赤の妙な模様になっている。

汚らしく思い、目に映すのも苦痛だったそれが、今はまるで、自分が生きていることの証《あかし》のように思えた。

「……日記のこと、ありがとう。マーサ」

あれが両親の目に触れなくてよかった。心のままに書いたものとはいえ、両親に見せるにはあまりにもひどすぎる言葉の羅列だった。

「……あれは事故でございますゆえ」

眠れずに外の空気を吸おうとして窓を開け、めまいがして落ちたと皆にはそう言っていた。おそらく誰も信じてはいないだろうが。

現に窓には錠がはめられ、板が打ちつけられている。

もう二度とソフィがそこから落ちる『事故』がないようにと。きっとお父様がやったのだろう。祈るように。

「……マーサ」

「はいお嬢様」

「私、みんなが好きだわ」

しゅるり、包帯を解いていた手が一瞬止まり、また動き出す。

「強くてかっこいいお父様も、綺麗で優しいお母様も。優しいのにわたくしのために厳しくしてくれるマーサも、おおらかなクレアも、美味しいお菓子を焼いてくれるレイモンドも。本も勉強も好きだわ。知らない世界をたくさん教えてくれるから。魔術の才は、私にたくさんの夢を与えてくれた」

「……」

マーサの手は包帯を解き終わり、新しいものへと震えながら伸ばされる。

「たくさんの恵まれたものを持ちながら、それに気づかずに」

むき出しになったぼこぼこの肌を、ソフィの涙が流れていく。

「……馬鹿なことをして。……本当に、ごめんなさい」

ぐう、と、押し殺したような吐息が聞こえた。

肩を抱かれ、驚いた。マーサは主従の区切りを鉄のように大事にするメイドの鑑《かがみ》だ。

ソフィの露《あら》わになった頬が、年老いたマーサの震える手にそっと撫でられる。

「何度代われたら、と、思ったことでしょう……」

初めて聞くマーサの涙声であった。

血を吐くように老齢のメイド長は叫ぶ。

「幼少のみぎりからご聡明《そうめい》でお優しく、誰よりも努力家のお嬢様が、かゆさ痛さに声を殺してお泣きになるたび、マーサは神に願いました。どうか取り替えてくれと。なぜなのかと問い続けました。何ゆえこの純粋で美しいものが、こんな病に侵されねばならないのかと。学園でいじめられて泥だらけになってお帰りのあと誰にも心配をかけまいと自ら洗濯されているとき、マーサはどうやったらお嬢様をこのような目にあわせた者たちを一人残さず皆殺しにできるだろうかと考えました」

「えっそうだったの」

「血や骨、心の臓が薬になるのであらばマーサは喜んで身を刻みましょう。お治しするために悪魔に魂を売れというのなら喜んで売りましょう。赤子の頃より傍《そば》につき、その機会をずっと待っているにもかかわらず、この老体はいまだ一度も、なんのお役に立つこともできておりません」

マーサの涙がシーツに染みを作る。

「……本来であれば誰よりも称賛されるべきお嬢様の、積み重ねられた教養。ご両親から受け継いだ、容姿のお美しさ。思いやりに溢れたお優しい心すべてを覆い隠すこの忌々しい病めが、マーサは心の底から憎うございます。それでも常に周りに心配をかけまいとけなげに努力し続けるお嬢様のご心労はいかほどか、マーサには想像することすらできませぬ」

「マーサ……」

「それでも、……それでもどうか、……お嬢様」

どうか、生きてくださいまし。

どうか。

忠実なメイド長の消え入るような声が、ソフィの胸に染み込んだ。

その晩ソフィは考えた。

もう、命を捨てるような真似は絶対にしない。

では、これからどのように生きていくべきか。

この皮膚病とは長い付き合いになるだろう。だが成長とともに平癒していくことは考えられる。なるべく症状を悪化させずに、このたび新たに思い出した記憶の中にあるあらゆる方法を試しながら、薬になるものを諦めずに探す努力を続けるべきだ。

学園には試験を受け直し戻ることもできるが、ソフィという異質な存在は必ずほかの生徒の心を乱すだろう。以前は泥や暴言を投げられる程度で済んだが、暴力まで発展してしまえば今度はいじめたほうの子の人生もねじれてしまう。

勉強はこれまで通り続けよう。せっかく積み上げてきたものを、手放す必要などない。学んで無駄になるようなことなど何もない。

結婚は、とにかくマティアス先生との婚約はなかったことにしてもらう。でもいつか、愛する人と結ばれて、子を持ちたいと願う気持ちだけは捨てられない。

子育てがいかに大変でも、子というものがどんなに愛《いと》しいか、その小さな手のひらに頰を撫でられる感触までソフィは知っている。

「仕事……」

結婚を先送りにするのなら、いつまでも親のすねだけかじっているわけにはいかない。

自分は何をしたいのか。

自分に何ができるのか。

そっと、手のひらを見る。

ソフィが授かった、皮一枚の癒しの力。これにはきっと、何かの意味があると思いたい。

蓋の開いた、まり子の記憶が胸を走る。

何軒目の病院かもわからなかった。長く長く待たされ、診察はほんの数分で、投げるように薬を渡されるだけの日々が辛かった。

冬の寒い日、評判を聞いて娘と電車に乗ってたどり着いた先の小さな診療所で、しゅんしゅんと湯気を出すやかんをのせたストーブを背にして向き合った老齢の先生が娘の手を取り、その頬と瞳、まり子をじっと見た。

『うん』

二人の頭にポンと手を置き。

『ふたりとも、よく頑張った』

微笑んでそう言ってくれたとき、目から信じられないような量の涙が噴き出した。

それで劇的に何かが治った、というわけではない。ただ、暗闇にぽっ、と、小さな明かりが差したようだった。

そこでだけはホッとしていい、あたたかな火をもらったようだった。

娘とともにあがき、苦しんだからこそ感じられた光。ほんのわずかのそれがあのときの自分たちにとって、どんなにかありがたかったか。

もう、二度も死んだ。まだ生きていいのなら、ソフィはああいうものになりたい。

あの暗闇を知るからこそ、そこに灯《とも》せる光を。今困っている人に、あの日自分がもらった、あの

あたたかな光を差したい。


ソフィの持つ『皮一枚を治せる力』。

そしてまり子の記憶とともに腹から湧いたのを感じる、体の中にある何やら図太い力。

――これは、きっと。

「おかん力！」

握った拳を上げ、叫んだ。

間違いない、腹に感じる。ものすごい弾力性のある、かつてのソフィにはなかった力。

アラカン前まで生きた女に宿る、チマチマしたことを気にしない厚かましくふてぶてしい不屈の力。だいたいのことを些事《さじ》だと、生きてるだけで丸儲《もう》けだと笑い飛ばせる、泥まみれの大根のようなぶっとい力。

それを感じる。確かにそれがここにある。

生きていくのに、これ以上心強いお守りはない。

「私は生きるわ」

シーツを握る。皮が落ちた。それがどうした。それは今、ソフィが生きている証拠だ。

私は生きている。大丈夫、進める。

野太く。力強く、開き直ってたくましく。

のっし、のっし、と光のもとへ。

「生きるわ」

かくしてここに二度死んだ、おかん力あるぶっとい一七歳が誕生した。

オルゾン家とソフィのサロン

「マティアス先生との婚約を破棄していただきたいの、お父様」

「！」

目を見張ったユーハンの横で、ソフィの母シェルロッタは動じずにじっとソフィを見ている。

話があると二人に向き合った娘からは事件が起こる前の少女のはかなさが消え、何やらどっしりと落ち着いた雰囲気を身に纏っている。

あの夜娘が部屋の窓から落ちたと聞いて、シェルロッタは、自身の案じていたことが現実になったとわかった。

繊細で、努力家で、優しい娘。

耐えられないほどに何かに傷ついた娘が傷つけるとしたら、それは周囲の人間ではなく己自身であると。

ソフィがマティアス医師に恋していることは明らかであった。

学園に通っていないせいで訪れが遅かった初恋は、娘を良いほうへ導いた。

一度は生きる力すら失っていた娘の行動の起爆剤になったそれを、シェルロッタは微笑ましいものとして見ていた。

思春期の恋は、良くも悪くも少女を爆発的に動かす。

良くも悪くも、だ。

夫ユーハンは一代で莫大《ばくだい》な富を築いた貿易商である。

一介の船員から商いを起こし、育て、やがては刑期を終えた元海賊たちを船員に加えた。それまでの貿易商たちが見いだせなかった航路を開拓し、誰も見たこともないような商品を世界中から買いつける、この港街で十指に入る商社の主《あるじ》だ。彼は商人には珍しくずるいこと、汚いことを嫌う。先見の明に優れ判断力に長《た》けた、荒くれものばかりの社員をまとめ導く立派な男である。

その夫は娘の恋に気づき、どうしてもそれを成就させたかったのだろう。きっと娘が喜ぶだろうという思いに突き動かされ、先生の人生ではきっと得られないだろう額の金を積み上げ、娘との婚約を迫った。

今まで何も欲しがらなかった娘が、初めて自分から欲しがったものを与えたくて。

相手が人だと、心のあるものだと、知っているはずなのに。

いやおそらく夫は心の底から、ソフィが素晴らしい娘であると、信じて疑っていないのだ。ソフィに添える男は幸せ者だと疑っていないのだ。

大、親馬鹿野郎である。ソフィを見る先生の優しいまなざしに、医師の慈愛以外のものが一切ないことなど、女から見れば一目瞭然だったというのに。

敏《さと》い娘はその事情に気づいたか、あるいはあの夜の自分と夫の話を聞いたのではないか、と気づいた瞬間血の気が引いた。

幸いにも三階の窓から飛び降りた娘の体は、たまたまその日芝刈りを終え山と積んであった草の上に落ち、まったくの無傷であった。

目覚めない娘の手を握りながら。その肌を撫でながら、娘を追い詰めた自分たちの愚かさとうかつさを悔いた。

親馬鹿は、ユーハンだけではなかった。シェルロッタだってソフィは素晴らしい娘だと思っている。いつか素敵な男性が現れて、ソフィを心から愛すると信じている。たとえ今は愛していなくとも、添ってしまえばマティアス先生もあるいは、と考えなかったかと言えば嘘《うそ》になる。

ソフィに、幸せをつかんでほしかった。

だが、間違いだったのだ。自分たちのした行為は、微笑みの裏で歯を食いしばり必死で心の均衡を保っていた娘を、もはやどこにも逃げられないところにまで追い詰めた。あれは事故だと娘は言うが、そうだったらいいのにとは思うがおそらく、間違いない。誤り先走った親の判断が娘を死の淵《ふち》に追いやり、最後にその背を押した。

今こうしてソフィが生きて自分たちを見つめてくれること。その奇跡は、神様に与えられた最後のチャンスのように思われた。

「いいでしょう」

「シェルロッタ⁉」

言い切った妻にユーハンが驚いた声を上げる。

「いいですかあなた。マティアス先生にはお好きな女性がいらっしゃいます」

「⁉　ソフィ、違うぞ！　シェルロッタは何か勘違いを」

「この結婚にマティアス先生の心はないのです。貴族ならばいざ知らず、一介の町人のわたくしどもに、そのような結婚はなんの意味もありませんわ」

「だが……」

まだ何か言いたげな夫の肩にシェルロッタは手のひらを優しく置いた。

「真に心から好いて好かれた相手との、愛のある結婚の素晴らしさを知るからこそ言うのです。

……ユーハン、あなたもご存じのはずですわ」

「シェルロッタ……」

そのまましばし見つめ合う。

今夫の脳裏には若き日の数々の思い出が、よりロマンティックに脚色されて流れていることであろう。

「さすがですわお母様……」

「ん？　何か言ったかい？」

「いいえお父様」

こほん、と夫が咳《せき》をした。そしてきりりと真面目な顔をする。

「本当にソフィはそれでいいのだな？」

「はい。わたくしもお父様とお母様のような、真実の愛に満ちた夫婦になりたいのです」

「それはそうだな間違いない。よしわかった今回の話はなしにしよう」

照れた顔を見せぬよう、威厳を保って無駄に窓の外を見つめ髭《ひげ》をいじる夫。

ふふ、とソフィが微笑みながら見つめてくるので、シェルロッタもソフィに見える側の唇だけを上げてみせた。

──男はこうやって動かすのですよ。

──心得ました。お母様。

そんな目だけの会話が女にはあることを、夫は知らない。

「わたくしは引き続き学業と、魔術の練習を続けます。魔術の力が伸びました暁には……」

「うん？」

「もう一つお願いをすることになるかと思います。今はそのときではございませんので、それは追って」

「ううむ……」

「ええ、楽しみにしているわ」

パッとソフィの顔が輝き、礼をして部屋を出ていく。

「たくましくなりましたわ」

「うむ。まるで別人のようだ」

「女は変わる生き物ですわ」

「うむ、だが」

「はい？」

「ソフィがお願いだなんて、嬉しいものだ」

「そうですわね」

わがままを決して口にしなかった我慢強い娘が、自らの意志で何かを願う。

何を言われても叶えてみせるさと微笑み、ユーハンはシェルロッタの肩を優しく抱いた。


「ご無沙汰しております」

「お元気そうで何よりです」

おっとりと魔術の家庭教師、フローレンス先生が言う。

ご高齢の女性だが、かつては王宮で癒師《ゆし》を務めた高名な光の魔術師である。癒師。大いなる光の才に愛された、人を癒し救う魔術師。


この世界には、魔法がある。

魔力が石に宿るものが魔石。ほとんどの人は魔力を持たないため、魔石を動力として使用する。父の持つ大きな船の中にも魔石を使い、どの船よりも速く遠くに走れるものがある。

人の中にも魔力を持って生まれる者が稀《まれ》にいる。それには属性があり、火、風、水、土、光と闇の六種類。

一五歳になった者は皆等しく魔力の有無を調べられる。その才能は貴賤《きせん》上下にかかわらず発掘され、属性に応じ、国の宝として役と地位を約束される。

ソフィは光の力があったものの、一度に放出できる魔力の量があまりに微弱なため、国に召し抱えられることはなかった。

高名な光の魔術師の力が大砲なら、ソフィのそれは水鉄砲のようなものである。いくら訓練をして多くの魔力《マナ》を蓄え上手に出せるようになったところで、一度に出せる量が少ないため、体の中や大きな傷は治せない。

逆にフローレンス先生のように活躍した魔術師でも、歳《とし》を重ねれば体に取り込める魔力の量が減るため、かつてのような大いなる威力の癒しは望めない。

力の衰えを感じた先生は自ら癒師の職を辞し、数年間王都で後輩の指導に当たったのち、この港街でのんびり気ままな隠居生活を送られているそうである。ソフィへのこれは授業料はお支払いしているとはいえ、定年まで勤め上げた元癒師がお金に困っているはずもない。おそらくもはや、趣味の域だ。

「おや」

フローレンス先生がそっとソフィの手に手を重ね、目を見開いた。

「ソフィさん、何かありましたか」

「え」

「マナの流れが何やら変わっておられますわ。引っかかりがなくなったと申しましょうか、何やら急に道が太くなったと申しましょうか」

「ええ……と」

身投げし死にかけ五七歳の図太い記憶が蘇ったせいでしょうか、とは言えない。茶を出し終え退室しようとしていたマーサが能面のような顔で小刻みに首を振っている。

年の功であろう。振り返らずに先生は察した。

「詮索は野暮でございますわね。……どうでしょう。このお屋敷にどなたか古い傷や、火傷痕《やけど》が残っている方はいらっしゃいますか」

「ええと料理人のレイモンドが、腕に古い火傷があったはずですわ」

「お呼びになっていただける？」

「ただ今」

マーサが部屋を出、やがて大柄な若い男を引っ張ってきた。後ろでひとまとめにした、彼の長い金髪が揺れる。

見上げるような長身、筋肉質な体。だがしかし人に威圧感を与えない、いつも微笑んでいるような柔和でのんきな顔立ち。オルゾン家料理人のレイモンド、元海賊のコックである。

まだ二〇代だが、一度海に落ちてあわやサメに食われる寸前になってから怖くて船に乗れなくなり、縁あってこのオルゾン家の料理人になった。

船を下りてから菓子作りに目覚めたとのことで、彼の焼き菓子は絶妙な甘さでとても美味しい。ソフィは大好きだ。

「なんですかマーサさん」

何かをこねていたところを有無を言わさず引っ張ってこられたようで、手のひらが粉だらけである。

「腕をお出し」

「ええぇ……？　すいません袖まくってくれますか」

情けなく眉を下げて、白くなっている大きな手のひらをぶらぶらさせる。

「フン！」

マーサの鼻息とともにむき出しにされたたくましい筋肉のついた腕には、縦に焼かれたような、黒ずんだ古い火傷の痕があった。

それをじっと見たのち、フローレンス先生がソフィに向き直る。

「ソフィさん」

「はい」

「この傷跡を治しておみせなさい」

「……はい」

「いえいえお嬢さん。別に痛くもないし、もったいないからいいですよ」

レイモンドの声を無視してソフィは両手を彼の火傷痕にかざす。

手のひらに意識を集中し、そこに健康な肌が蘇るイメージを描く。

「いいのになあ」

情けないようなレイモンドの声を無視し、腹から腕、手のひらに動かした力を注ぐ。注ぎ終え、ソフィは目を開ける。

「薄く……なったような？　……なってないような……？」

「うーん」

レイモンドとマーサと一緒にそこをじいっと見た。黒かった傷跡が、なんとなく茶色っぽくなったような、なっていないような気が、するようなしないような。

失敗だわとソフィは眉を下げた。なんとなくなんだかいけるような気がしたのに、ソフィの力は前とほとんど変わりがない。フローレンスが静かにソフィを見る。

「ソフィさん、何を癒すイメージをされましたか」

「レイモンドは海賊だったので、きっと火薬か何か、戦いのときの傷と思い、それを取り除くイメージをいたしました」

「あっこれマフィン作るときにオーブンにジュッとしたときの火傷です」

「意外と甘かったわ」

「ソフィさんもう一度なさい。マフィン作るときにオーブンにジュッとした傷を取り除くイメージで」

「えー」

恥ずかしいなあとレイモンドがまた情けない声を出すが、ソフィはまた無視をした。

「治すイメージに近しい言葉があれば口にお出しなさい。既定の呪文ではなく、なんでも結構です。あなたの頭に浮かんだ言葉を出すのですよ」

「治すイメージ……」

治れ治れ。

痛いの治れ。

『いたいのいたいのとんでいけ』

マーサがぎょっと目を見開いた。

ソフィのそれは記憶の中の日本語だ。ここにいるどの人にも、意味のわからない異国語である。

ソフィの体が淡く光る。

『とおくのおやまにとんでいけ』

マフィン作るときにオーブンにジュッ。

マフィン作るときにオーブンにジュッ。

腹からあたたかな何かが動く。ふわりと手のひらが輝き、光がレイモンドのジュッのところを撫で上げ、やがて消えた。

閉じていた目を開けて覗き込む。

レイモンドの腕に傷は……ない。

「できましたわ先生！」

頬を染めてソフィが叫んだ。

「ええ、よくできました」

穏やかにフローレンスが微笑んだ。優秀な生徒を褒める先生の顔だ。

「これまでの訓練で、あなたの魔力は充分にあなたの力を纏い、体に溜《た》まるようになっておりました。あとは最後、発動の方法だけ。それがどんな状況で、何によってできた傷なのかを知ること。

どう癒したいのか、治癒した姿を充分にイメージすること。治すというイメージに近しい、己の言葉を呪文として口にすること。それらを守り練習を重ねれば、あなたはきっとたいていの古傷は治せようになることでしょう」

「はい！」

目を輝かせるソフィに、わずかにフローレンスは悲しい顔をする。

「ですが覚えておかなくてはなりませんソフィさん。あなたの癒しの力は、表面の皮までしか及びません。折れた骨には届かないし、深い傷の表面だけを治してしまえば溢れ出た血がたちまちに体の中でふくれあがり体に悪さをすることでしょう。あなたが治せるのは表面の薄い傷、および症状が固定したあとの、表面に残る傷跡だけです。己の力を過信すれば、必ず絶望することになりましょう」

「はい……」

やわらかく微笑んだフローレンスが、ソフィの両手を握る。

「だけどわたくしは知っております。この世界には皮一枚のことで傷ついているたくさんの人たちがいることを。癒師は国に管理されながら命にかかわる重い傷を治すものですから、そういった人たちに、個人の意思で癒しを与える自由はありません。顔に残った火傷痕、体に残った入れ墨、完治した病が皮膚に残した凹凸。そんな皮一枚の悩みがなければ幸せになれるはずの人たちが今このときも、声を上げることもできずに俯《うつむ》き、泣いているのです」

「……はい」

先生の目は優しく、だが凜と、ソフィを見る。

「この、力の及ぶ範囲の不思議なほどの浅さを、癒師に取り立てられはしないことを、あなたの僥《ぎょう》倖《こう》であると思いなさいソフィさん。この手はきっと彼らを救う、尊い市街の手になりましょう。己とその力に誇りを持ち決して慢心することなく、大切に、適切に使うのです」

「はい、先生」

涙が落ちた。

「精進いたします」

「よい子です」

今日であなたは卒業です。何か困ったことがあったら文《ふみ》をお出しなさいと先生は言った。

肩にショールをかけ上品に退室していく先生を屋敷の外まで見送って、去っていく馬車が見えなくなるまで頭を下げ続けた。

出会ってからただの一度も、ソフィから目を逸《そ》らしたり身を引くことのなかった先生。特別扱いも同情もせずに、当然のように常に優しく、厳しく指導してくださった。

「ありがとうございます」

もう姿の見えなくなった恩師に感謝を込めて、もう一度ソフィは深々と礼をした。

✶

「お父様、いいかしら」

許しを得てから入った父の執務室の雰囲気が、何やらしんみりとしている。

「あらシルバーさん、ごきげんよう」

「おう嬢ちゃんか。でかくなったな」

筋骨隆々な丸刈りの男が、無遠慮な野太い声をかける。オルゾン家の一商船の船長を務める、元海賊だ。

見た目の通り性格は裏表なく豪快。もちろんソフィの見た目など気にせず迫力のある無遠慮な言葉をかけてくるので、以前のソフィはこの人が苦手だった。彼の大きな声が聞こえると、さっと物陰に身をひそめたものである。

が、今は特に何も感じない。結構なお歳だと思うけど筋肉モリモリでペカペカ黒光りしている、頼もしくて元気な人だわと、普通に相対していられる。

「お話のお邪魔をしてごめんなさい。出直しますわ」

「ああいいんだもう終わったしな。仕事の話も、くだらねえ話も」

「くだらねえ話？」

あらちょっと聞きたいわと週刊誌を愛読していたおかん部分がピクンと反応した。

「おっ聞きたいか？　聞くも涙語るも涙とはこのことよ」

「ハンカチを用意いたしますね」

そしてシルバーが語るには。

まだ海賊の下っ端だった頃。海賊船ごと捕縛されしばらく服役したシルバーは、釈放され行く当てもなくぼんやりと海を見て過ごしていたところを美しい女性に拾われた。家に転がり込んでヒモになり、港で荷物運びの仕事に就き結婚し、子ども二人に恵まれた。

真面目に家と職場を往復し、働きながら遠い目で海を見つめ続ける夫の姿に、ある日何を思ったか彼女が当時設立したてのオルゾン家の求人を突きつけ、今すぐご応募なさいましと尻を叩いて応募させ、見事に就職。

今は押しも押されもせぬ大商社の船長様である。

歳を取ったので陸にいる時間も長くなり、嫁に行った娘たちもときどき孫を連れ家に遊びに来て、週末は力持ちのいいじいじとして過ごしているという。

「よかったですねえ」

せっかく用意したが、まだハンカチの出番はない。

「妻に似ていい娘らに育ってくれた。こないだ町にできたっていうでけえ共同浴場の券を俺の分まで持ってきてくれてな。俺の足の古傷が痛えのを心配してくれてのことよ」

できたての共同浴場の話はソフィも知っていた。どこぞのお金持ちが金と暇にあかせて作った豪華な民間施設で、男女別、さまざまな色と香りのついた数種類の湯があり、中で何やら素敵なものを飲んだり食べたりもできるという。

結構な入場料を取るにもかかわらず大人気すぎて人が溢れたため、現在は予約制になっているとか。

「まあなんてうらやましいこと！　お孫さんとお風呂ですか」

にこにことソフィは笑った。かつては広い海を船で駆け抜けた海賊が、孫を肩にのせて色とりどりの湯治というところが、なんとも可愛らしく微笑ましい。

「ところがだ」

「はい」

バッとシルバーがシャツを脱ぎ捨てた。

キャッとソフィは一応顔を手で覆った。なお指はしっかり目のところが開いている。

「これがあるやつは入れねえんだと」

「なるほど……」

シルバーの黒々とした背には立派な骸骨、ただしなぜか豊満な乳房がついた、派手な入れ墨があった。

「追い出される俺に、じいじと入ると孫が泣いて泣いて……せっかく取った券がもったいねえからと妻と娘夫婦と孫だけで入ってもらったんだが、家に帰ってから、なんだかしんみりと泣けてなあ。自分で望んで入れたもんだから後悔はねえが、ここにきて孫を泣かせるはめになるとは思わなかった。嬢ちゃんは男に惚《ほ》れても名前の墨は入れるなよ」

「気をつけます」

「許さんぞ！」

「シルバーさん」

バアンとテーブルを叩きながら言ったのは父である。想像だけで憤慨している。

「ん？」

「それ、取っちゃいます？」

「老体から生皮剥がす気か嬢ちゃん」

「いいえ」

ソフィはにっこり笑った。スッと結局出番のなかったハンカチをしまった。

「墨を入れたときのお話を聞かせていただけますか？」

「なんてことだ」

父が固まっている。

父の目の前には黒光りするシルバーの背中があった。

「なんてことだ！」

父がシルバーの背中をきゅっきゅきゅきゅっきゅとなでなでしたのち、なぜかほっぺをスリスリし始めた。

シルバーはげえええええという顔をしている。

「おーいどうなったんでえ社長よ」

「ツルツルだ！　ツルツルのピッカピカだぞシルバーよ！」

「そりゃすげえ」

「全部消えましたよ。良かったですねえ」

ソフィが手鏡をシルバーに手渡し、大きな姿見と合わせ鏡にして確認させる。

「こりゃすげえ。俺は四〇年ぶりに自分の背中の皮を見たぜ」

「本日は同窓会でございますわね」

お孫さんも喜ぶわとソフィは幸せな気持ちになった。

微笑むソフィを、シルバーがじっと見つめている。

「嬢ちゃん」

「はい」

「しばらく見ねえうちに、いい女になったな」

にっとシルバーが笑った。

「ありがとうございます」

しとやかにソフィは礼をする。

「もう俺から隠れるのはやめたのか」

「ばれてましたか」

当然だとシルバーが笑った。

大きな手がソフィの頭をつかむように撫でた。ふふっとソフィは笑う。シルバーが孫を見るように目を細める。

「ありがとうよ」

「はい。お孫さんによろしくお伝えください」

上機嫌のシルバーが、鼻歌を歌いながら部屋を出ていく。

スリスリするものがなくなった中腰の父とソフィが残される。ソフィは父に向き直る。

「お父様」

「はいっ」

「お願いがございます」

「はいなんなりと」

「サロンを開きたく存じます」

「はい喜んで！」

父が壊れた。

✶

「ソフィ！　王宮からの回答が来たぞ！」

ちょうど母と新種の茶の味見をしているところに、父がバーンと飛び込んできた。

ソフィの『皮一枚治せる魔術』が形になったことを念のため王宮に報告したほうがいいという母の言葉に、父と二人で首をひねりながらも従い上申書を出してから一月ほど。

ようやく返ってきた高貴な方のお返事に、給仕をしていたマーサを含め一同はドキドキしながら身を乗り出す。

『ユーハン＝オルゾン様

先日はご息女ソフィ＝オルゾン様の魔術の才につき近況のご報告を頂戴し誠にありがとうございます。厳正なる選考の結果、今回は当家癒師としての採用を見合わせていただく結果となりました。ご希望に添えず誠に恐縮ではございますが、何卒《なにとぞ》ご了承賜りますようお願い申し上げます。

オルゾン様の今後のより一層のご活躍をお祈りいたしております。このたびは本当にありがとうございました。』

「まさかのお祈りメールだわ！」

「なんだねそれは？」

ユーハンが不思議そうに呟《つぶや》く。

「つまりソフィは王宮に上がらなくてよいということだな？」

「ええ。あら？」

ぴらりと一回り小さな紙が落ちた。お祈りメールの簡素なそれとは違う、上質な手触りの便箋である。

『なお、ご息女の魔術はしわを消せるかを別途、必ず、ご報告されたし。連絡先は下記の通り』

「……」

なんだろう、流れるような美しい筆跡に何か深い執念のようなものを感じる短い文である。

「……どうなんだソフィ」

「試したことがありませんわ」

「そうか……うむ、マーサ」

「はい」

「そのしわはいつ頃……どこから？」

ぎろりとマーサが夜叉《やしゃ》のような顔で父を睨《にら》んだ。

「気がついたら寄っておりました。旦那様は日中ズボンのしわの数を数えておいでで？」

「おおそうかそうだよなうんそうだそうだ。さてソフィどうだどうだ」

「やってみるわ。マーサ、失礼するわね」

マーサの眉間に手をかざす。

『いたいのいたいのとんでいけ』

ピーンと伸ばすイメージで。

『とおくのおやまにとんでいけ』

そっと目を開ける。

マーサの眉間の深いしわは……変わっていない。相変わらず深い。

だめだわ、と肩を落とすソフィを父が慰めようとする。

「マーサのはあまりにも秘境の渓谷のように深すぎるんじゃないのか？　試しにシェルロッタの比較的浅めの目尻のしわでもう一度……」

「ユーハン!!」

雷のように響いた母の声に固まり、ぎくりぎくりと振り向く父。

眉間のしわを秘境の渓谷のように深め父を見るマーサの横で、己の目尻を撫でながらにっこりと母は笑った。

目だけが笑っていない、すさまじい笑顔だった。

「ほんのわずかな線でございますわ」

「お……おう……ソフィ、シェルロッタのそのなんだ、ほんのわずかな線でももう一回試してごらん」

「はい……ちなみにお母様そのし……ほんのわずかな線はいつ頃から……」

「ソフィ」

氷のような声であった。

「あなたはあたためたミルクにいつ膜が張り出すかおわかりになって?」

「あ、はい気づいたらいつの間にかです」

ふう、と息をつき、今度は母の目尻のし……ほんのわずかな線にソフィは手をかざす。

『いたいのいたいのとんでいけ』

ピーン、だ。

ピーンのイメージだ。

『とおくのおやまにとんでいけ』

恐る恐る目を開ける。

母のほんのわずかな線は、変わらずにほんのわずかなままそこにあった。

はあ、と手鏡で確認した母が悲しげにため息をつく。美しい母でもやはり気にはしているらしい。

「残念だけど仕方がないわね」

「ええ。わたくしの力はおそらく、その人の本来の肌にはあるべきでないものを、ただ取り除くだけなのです」

レイモンドの腕は周りの日焼けした肌と同じ色だった。

シルバーの背もその歳にふさわしいわずかなたるみのある、黒々としたものだった。

なぜだかはわからない。ソフィの魔術によって生まれるのは赤ちゃんのようなツルツルピカピカな新しい肌ではない。何もなければその人が持っていただろう本来の肌が、そこに現れるのだ。

「それに、内から来るものは治せないわ」

そっとソフィは自分の手の甲を撫でた。がさりとした感触は、前のままだ。

この力で自分の肌を治せないか、当然ソフィは試した。

ほんの一瞬表面のぼこぼこが去りきれいな肌が現れたものの、マーサとクレアと一緒に歓声を上げた次の瞬間にはまたぽつりと表面に肌を食い破るものが生まれ、あっという間に元通りになってしまった。

おかげで短い時間のうちにマーサが二度、泣くはめになってしまった。

おおもとは、おそらくまり子の記憶にあった、免疫機能の異常なのだ、とソフィは思う。症状の程度は違えど彼女の娘の皮膚炎と同じ。ソフィの体になんらかのアレルギーがあり、過剰な反応が起きて自身の肌を内から攻撃しているのだろう。

いったい何がその原因か。それを突き止めない限り一番上の皮膚だけを治したところで、また自分自身に内から壊されて元通りになってしまう。

よしよし、と父が落ち込むソフィの背を撫でた。

「では王宮にはそのように報告しよう」

「ええ、残念ですけど逆によろしかったと思いますわ」

「えっ」

目尻のほんのわずかな線を撫でていたシェルロッタがさらりと言う。

「しわを治せるようであればソフィは、王宮で王族と貴族のしわ伸ばし役として魔力尽き死する日まで拘束されたことでしょう」

「そんなまさか。たかがしわのために」

ははは、と父が笑う。

「ユーハン」

「はいッ」

「女の美と若さへの執着を、お舐《な》めになってはいけませんわ」

母の美しい指が己の目尻を伸ばすように撫で上げ、にっこりと微笑む。目は笑っていない。光っている。声がいつもより低い。

「これは一国が傾くたぐいの執念ですのよ」

その迫力に父とソフィは手を取り合ってブルブルと震えた。

「さて、何はともあれこれで必要で面倒な手続きはすべて終わったわソフィ。正しく報告し、相手からしっかり断られたという既成事実もできました」

「はい」

「一階南側のゲストルームをあなたに預けます。あそこは小さな部屋だけど、明るくて居心地がいいわ」

ぱっとソフィの顔が輝いた。その顔を見て、にっこりと母は笑う。

「存分におやりなさい」

✶

オルゾン家の屋敷の一室に、男たちがみっちりみちみちと詰まっている。

横に長いテーブルが数本、前から役職の高いものが座っている。

人数は三〇人ほどだが、一人一人がいちいち分厚くでかいので、なんとも暑苦しく息苦しい。

「今月の売上報告は以上だ。いつもならこのまま宴会に入るが今日はもう一つだけ皆に聞いてほしいことがある。ソフィ」

前に立つ男……この商社の社長ユーハンが、部屋の外に声をかけた。

「はい」

響いた、この場に見合わぬたおやかな声に、ざわ、と男たちがざわめいた。

社長ユーハン＝オルゾンに娘がいることは、ここにいる誰もが知っている。

確か今年で一七歳。花も恥じらう年頃の娘だが、何やら皮膚の奇怪な病気にかかっているとのこと。

ついた呼び名は『化物嬢』。

ほとんどその姿を見たことがある者はいないが、何かの拍子に屋敷の中で娘と顔を合わせたことのある男はこう語る。

『俺は一人で二〇人を相手取って戦ったときでもビビんなかった鋼の心臓が自慢だが、今回ばかりはちょっぴりちびったぜ。ちょっとな』

二〇人は誇張だろうが何年も海賊をやっていた男なのは間違いがないので、頭から嘘とも言い切れない。そんな、もはやその存在が伝説級の、普段人目を避けて暮らしている娘が、なぜこんなみっちりとした暑苦しいところに。

息を呑む男たちの前に、裾の長いえんじ色のワンピースを身に纏う少女が現れた。

つま先と指の先まで意識の行き届いた控えめな所作が、男くさい空気を塗り替えやわらかく揺らす。

毛先まで手入れされた輝くようなプラチナブロンドがふわりとなびいた。

窓から差し込んだ光が彼女に当たり、その顔を覆うなめらかな布を照らす。

おう……といううめき声が上がった。

「きれいだあ……」

誰かが言った。ぽかん、と男たちは口を開けた。

ほっそりとした少女が、光の中に立っている。

顔にはレースのベールがかけられそのつくりは知れないのに、その品のある立ち姿に、男たちは華やかな花ではなく、静謐《せいひつ》な月の光のような美を感じた。

「本日はお忙しい中お時間を頂戴し、誠にありがとうございます」

「声まできれいだあ……」

どっかの馬鹿が呟く。ゴンと殴られた音がした。

男たち一人一人の顔を見るように、部屋の中を、少女は背筋を伸ばし穏やかに見渡す。

「私事で恐縮ですが、わたくしソフィ＝オルゾンは光の才が見いだされ、師に恵まれ、このたび幸運なことに癒しの力を得ました。残念ながら国に取り上げていただくほどの大きな力ではございません。大きな怪我は治せず、日々体を張って海に出てくださる皆様のお役に立てないこと、誠に申し訳なく思います」

「きれいだからいいですよ」

ゴン
「わたくしに癒せるのは人の体の皮一枚。古い傷の跡や火傷痕、入れ墨などを、本来の肌に戻すことができると思われます。しかしまだ経験が浅く、どんなものを、いったいどこまで治せるか、わかっておりません。お恥ずかしながら多くの方に、さまざまな経験をさせていただかねば、わたくしはわたくしの力の及ぶところすらわからないのです」

うおー古傷がいてえ！

入れ墨がうずく〜！　と野太い声が上がった。

ダアンと音が響いた。

社長の足元で、踏みつぶされた木の台がパラパラと木くずを散らす。

しーんと静まり返った部屋に、また娘の声が響いた。

「本日わたくしは皆様に『宣伝』をしていただきたくお願いにまかり越しました。言葉だけでは真実味がございませんので、今ここで、実演させていただきたく存じます。この中にどなたか、消したい傷跡や入れ墨のある方はいらっしゃいませんか？　お差し支えなければそれを負ったときの状況も教えていただきたいのです。わたくしの魔術が未熟ゆえ、それをお伺いしなくては、癒しの力が出せないのです」

「はい！」

娘の言葉に被せるように一番後ろに座っていた新人が真っ先に手を挙げた。頭に二つたんこぶがあることから、おそらくさっきゴンゴン殴られていたどこかの馬鹿である。

ぴょんぴょんと軽い足取りで進み出た男と向き合い、娘は尋ねた。

「お名前は？」

「ヨタっす」

たんこぶ二つの新人ヨタはとても嬉しそうに答える。決して不細工ではないはずなのに、顔の筋肉に締まりがないせいでまったく男前には見えない男である。

「ヨタさん、頭はどうなさったの？」

「はい！　もともと悪いです！」

娘が申し訳なさそうに新人ヨタを見上げた。

「それは治せないわ。本当にごめんなさい」

「慣れてるから大丈夫です！　あ、傷はこれです」

自ら袖をまくり上げた。動物に噛まれたような歯の痕がある。

「ワニかサメか……そういう海の恐ろしい動物の噛み痕でしょうか」

「ガキの頃に犬に噛まれました！　近所の犬小屋の近くにいたから紐《ひも》で結んであると思って小便かけようと思ったらつながれてない通りがかりの野良犬で。丸出しのまま逃げたんですが肥溜めに落っこって、へりにつかまってた腕をがぶっと」

「「「もっとましな野郎はいねえのか!!!」」」

お嬢様に、オルゾン家の社員が皆こんなものだと思われたらと男どもは頭を抱える。

「それは……さぞ痛くてお辛かったでしょう」

「すっげえくさかったっす」

「あいつを殺せ！」

殺気立った声が上がる。

「では、お治ししてもよろしいでしょうか」

「はい。なんならさすってもらえるだけでもいいっすよ」

娘がヨタの腕に手を伸ばす。そっと包むように、ほっそりとした手のひらが傷跡にかざされる。

『いたいのいたいのとんでいけ』

やわらかく、優しい声だった。

『とおくのおやまにとんでいけ』

男たちはぼうっとした。

娘の呪文の意味はわからない。しかしかつて、幼き日。擦りむいた膝を母にふうふうしてもらっているような、ぶつけた頭を優しく撫でてもらっているような気分になった。

「かあちゃん……」

分厚く屈強な男たちの目が、郷愁に潤む。

娘の体が淡く光り、やがて手のひらに落ち着き、ふわりと風を起こすようにして消えた。

「あっ消えた！　すっげえ！」

ヨタが叫んだ。馬鹿というのは物事をよく考えないので反応がとてもいい。

「お嬢様ありがとうござ……」

ヨタの声が止まる。

「えっ」

飛びのく。

「えええええええ!?」

「あら、ベールが飛んでしまいましたわ」

顔を上げた娘。

そこにはさっきまでの月の光のような少女はいなかった。

むき出しになった顔は痛ましいほどの奇妙な凹凸に覆われ、奇妙な粘り気のある黄色い汁が、つう、と伝っている。

「……」

男たちはそれを凝視した。人間、なぜかこういうとき目を離せなくなるものである。

ソフィは顔を上げ、男たちに向き直る。

年頃の娘ならばきっと隠したいだろうそれを、見せつけるように男たちに晒《さら》す。

「わたくしはご覧の通りの容姿です。噂《うわさ》通り『化物』とお呼びいただいて一向に構いません」

男たちに向き合う少女の声は初めはわずかに震え、だが徐々に力強くなり、静かになった部屋に響く。

「これはうつる病ではございませんのでどうぞご安心ください。わたくしはこのたびこの屋敷に、お客様に今と同じような治療を行う『サロン』を開設いたします。本日から一年間、お客様の身分を問わずどなたでも受け入れ、代金は頂戴せずにわたくしの力及ぶ限りのもてなしをいたします。こちらに文にてご予約をいただくよう書いた紙を作りましたので、興味のありそうな方がいらしたらお渡しください」

静まり返った部屋の中、彼女が渡した紙の束が一枚ずつ男たちの手に渡る。

そこには豪胆にも『化物嬢ソフィのサロン』と銘打ったタイトルで、来客をもてなす期間、予約の取り方、もてなすものがオルゾン家の皮膚の奇病を持った娘であること、これはうつる病ではないので安心してほしいこと、癒せるものは皮一枚のみで、現在治せると思われる種類の症状（ただし修業中で治せない可能性があることを了承してほしい旨）、費用は無料だが一名につき期間中一回のみ承ること、治療のためにはそれを負ったいきさつをすべて正直に話してもらわねばならないこと、が、学のないものでもわかるようだろう細やかな気遣いを持って丁寧に書かれていた。

紙に見入る男たちを見るソフィの、マーサ仕込みの背筋は、ピンとまっすぐに伸びている。

「ここにおいでの皆様に、行く先々の港で、このサロンの話を広げていただきたくお願い申し上げます。古い傷跡や火傷痕に悩む方、消せない入れ墨に後悔している方。皮一枚のことで悩んでいる方の耳に届くよう、盛大に噂をお流しくださいさい。ここにはあなたの悩みを癒せるかもしれない化物がいると。脚色したり、面白がったりでよいのです。てめえの顔も治せないくせにと、笑い話にしてくださってていいのですどうか広めてください。わたくしはとにかく一人でも多くの方に、ここのことを知っていただきたいのです。一人でも多くの方を治したいのです」

社長の娘なのだ。こんなに丁寧にしなくとも、年頃の娘ならば誰にも見せたくないだろう病んだ顔を男たちに晒さずとも、一言父の口から命令してもらうことも簡単なはずなのに。

このお嬢様はそれを良しとせず、自ら皆の前に現れた。

頭を下げ、誠実に説明をした。むき出しになった顔を上げ、声を震わせながら真摯にこいねがった。

雑に扱われることに慣れ切った荒くれどもたちは、人からこんなに丁寧に何かを頼み込まれるのはほとんど初めての経験だった。

紙から顔を上げて見つめる男たちの前で華奢《きゃしゃ》な少女は丁寧にもう一度、深々と礼をした。

「見苦しいものをお見せして嫌なお気持ちにさせてしまいましたことを、深くお詫《わ》び申し上げます。

本日はお時間をいただき、ありがとうございました」

しんと静まり返った部屋に、ぱん、と手を打つ音がしてソフィは顔を上げた。

分厚い手のひらを力いっぱい打ち合わせて起こる盛大な拍手の音と、ウオオオオオ、というどこまでも野太い叫び声が満ちる。

「嬢ちゃん、あんた漢《おとこ》だぜ！」

「見損なうな！　誰が面白がったりするもんか！」

「ヨタ死ね！　とりあえずヨタ死ね！」

「俺の母ちゃんは顔の火傷を気にしたまま死んだんだ！　死ぬ前にあんたに会ってほしかった！」

「ヨタ死ね！　とりあえず死ね！」

「うちのかかあの顔も治してくれえ！」

「おまえんちのは皮一枚の問題じゃねえ！」

「ヨタ死ね！」

罵声を浴び続けるヨタが、立ち上がり、落ちたベールを拾い、申し訳なさそうにソフィに近づく。

「ごめんよ……少しびっくりしただけなんだ」

ベールを受け取りながら、ソフィは微笑んだ。目の前の若い男が、叱られた犬みたいだったからだ。

「いいの」

微笑んだソフィを、ヨタはじいっと見つめた。

「やっぱりきれいだよ」

ふふっとソフィは笑う。

「ありがとう」

もう一度皆に一礼してソフィは部屋を後にした。

部屋の中にはヨタに対する新しいブーイングが満ちていた。

「マーサ」

部屋の前で待っていたメイド長に、ソフィは駆け寄る。

「私、ちゃんとできたかしら」

「ご立派でございました」

マーサの目は潤んでいた。それを見て、ソフィも泣きそうになる。

「大変ご立派でございました。お嬢様」

「……マーサは泣き虫になったわ」

ソフィは微笑む。

「歳のせいですよ、お嬢様。お茶にいたしましょう」

レイモンドが焼いた新作の菓子があると聞きソフィはぴょんと飛び跳ねた。ギラリとマーサの作法を咎《とが》める視線が光る。

クスリとソフィは笑う。

「長生きしてね、マーサ」

「お嬢様の望まれる限り」

「あら、ではあと六〇年は生きなくては」

「はい。お望みのままに」

二人は明るい廊下を歩む。

レイモンドの菓子の、香ばしい香りがした。

王女アニー

そわそわとソフィは手袋をした手でテーブルクロスを撫でている。

一度は椅子に座り、やっぱり腰を上げ飾った絵をまっすぐに直す。もともとまっすぐであったが。

「落ち着いてくださいませお嬢様」

「落ち着いているわ」

そわそわそわ。

そしてまたテーブルクロスを撫でる。はあ、とマーサがため息をついた。


あれから各地に飛んだ荒くれものの社員たちは、鼻息荒くソフィのサロンを宣伝した。

笑い話か冗談だと思われたか、最初はなんの反応もなく落ち込んでいた一同だったが、ある日突然立派な文が届き仰天した。

さる南国の高貴な娘が、近く商談のために街を訪れるので、ソフィのサロンに立ち寄りたいとの申し出。すでに訪れる予定の日時が指定されており、相談の内容や名の記載はなかった。

すぐにその日にちでよいとの返信を出し、本日を迎えたのである。


ソフィのために用意された一室をソフィは一心に掃除し、整えた。

殺風景では寂しいと、父や社員が持ってきてくれた世界各国のさまざまなお土産《みやげ》を並べた。

綺麗な石、なんの生き物のものなのかわからない動物の骨。誰にも読めない異国語の本、繊細なレース。

色とりどりの貝殻、大きな木の実の殻、色褪せた、きっとかつては彩に満ちていたのだろう木の仮面。

綺麗だけどどうやって使うのかわからない飴《あめ》玉のような艶のある遊戯盤。丁寧に織られたカラフルな布。海から拾い上げてきた形そのままの珊瑚《さんご》。どこか遠くの国で使われたのだろう深い色の硝子《ガラス》の香水瓶。いろいろな形の羽根ペン、硝子ペン。

昼は忙しくて、夜にしか来られない人がいるかもしれない。不思議な形のランプシェード、銀細工の古びた燭台《しょくだい》。

高価な装飾品を置きたいと言えば、父は喜んで買い揃《そろ》えたことだろう。貴族のサロンのような煌《きら》びやかなものにすることもできただろう。だがソフィはそれをしたくなかった。

ここは、それぞれの悩みと治したい皮膚を持った人が訪れる場所。俯き、人目を気にしびくびくしながら日常を生きている人たちが、きっと緊張しながら『化物嬢』の部屋の扉を開ける。

ここを、彼らの足がすくむような、格式ばった場所にだけはしたくない。

あの日、あそこでやかんから上がっていた湯気のようなふわりと優しいものを。

人の生を感じるあたたかく、穏やかなものを。

あれはなんだろうと思わずわくわくして顔を上げたくなるような、色とりどりの面白いものを。

そんな祈りを込めて置いたさまざまなものにより異国の雑貨屋のようになってしまったそこは、差し込むあたたかな光と相まって、不思議と落ち着く明るい場所になった。

テーブルの上には華やかな南国調の花と、レイモンドが焼いてくれたさまざまな種類の焼き菓子。

一つ一つ形が違い、上にのっているものの種類が違う。埋まっている色とりどりの薄い飴が宝石のようだ。小さくて、可愛らしくて、次はどれにしようかしらと迷ってしまう、遊び心のある宝石箱。

りりりりりん、とベルの音がした。

お客様にノックをさせるのも気が引けるので、外に立たせたクレアに来客を、ベルを鳴らして知らせてくれるように言っていた。だが今のは妙に小刻みな、おかしな鳴り方であった。初めてだから、きっとクレアも緊張したのだわ、とソフィは微笑む。

「お入りください」

頰を染め答える。『化物嬢のサロン』と銘打っているので問題はなかろうと丸出しのまま行こうとしたが、マーサに有無も言わさずに包帯で顔をグルグル巻きにされ、ベールを重ねられてしまった。

「失礼するわ」

ペタ、と音がした。

ペタ?

わっしとドアノブをつかむ何かよくわからない鱗《うろこ》のついた黒っぽい腕が見えた。

ペタ、ペタ、ペタ、ペタ。

そんな不思議な音とともに二足歩行で入ってきたのは。

「……ワニですわね」

「ワニですわよ」

ワニがしゃべった。

「……おしゃべりがお上手ですわ」

「語学の成績は良いのよ」

ドレスを着て首につややかな赤いリボンをつけた、どこからどう見てもワニであった。

「お初にお目にかかります。クロコダイル国国王が娘、アニー＝クロコダイルでございます」

優雅に礼をした。ワニが。

「お見知りおきを」

セクシーな流し目をした。ワニが。

「……ソフィ＝オルゾンと申します。どうぞお見知りおきを」

マーサに叩き込まれた姿勢で礼をし、顔を上げる。

沈黙。それからハッとして、ソフィは菓子ののった皿を持ち上げた。

「……焼き菓子じゃだめだわマーサ！　お茶請けに生肉を持ってくるようレイモンドに伝えて！　お父様の今日の夕飯用のものを！」

「お気遣いなく。わたくし焼き菓子も好きですのよ」

優雅に爪のついた手を立てワニがおっとりと返す。

そうかと皿を置いたソフィはまたハッとしてティーポットを手に取った。

「お茶はお茶でよろしくて？　生き血か何かではなくてよろしくて？」

「よろしくてよ。オルゾン社にはいつも新しいお茶を卸していただいて感謝しているわ。座ってもよろしくて？」

「はい。あっ、こちらのソファーに寝そべっていただいても構いませんわ。ふかふかですのよ」

「ではそうさせていただこうかしら伸びたほうが楽ですし。あなたも横にお座りになったら？」

「しっぽのお邪魔になりませんこと？」

「では前にお座りなさい」

「ありがとうございます。ちなみに人間はお好きでいらっしゃいますか」

「食の好みとしてのご質問ならいいえ。あいにくまだいただいたことがないわ」

「ほんのちょっぴりの甘噛みも？」

「ええ。ほんのちょっぴりの甘噛みも」

そうして二人？　は横並びにソファに腰を落ち着けた。

「……」

「驚きまして？」

「はい。初回から思ったよりワ……ヘビーだったものですから」

「それはそうよねえ」

ほほほほほと楽しそうに笑った。ワニが。

そのまましばし二人はお茶と焼き菓子を堪能した。鋭い爪のついたその指でいったいどうやってと思うほど、アニーは優雅に食していた。

「アニー＝クロコダイル様、よろしければそのご様子になった経緯をお伺いしてもよろしいでしょうか」

「アニーでいいわ。たまには同世代の人にそう呼ばれてみたいの。先ほども申し上げましたが、わたくしクロコダイル国王の一人娘ですの」

「たいへん高貴なお方であらせられますわ」

「そうね。でもそれは何一つわたくしの成したことではなくてよ。できるならば気安くお話しになって。……本当に、わたくしだってたまにはそうしてみたいのよ」

少しだけ寂しげに、アニーは言った。

「今はこのような姿だけれども、わたくし普段は一七歳の普通の女ですの。一二歳のある日突然、だいたいひと月に三日間だけこのような姿を取るようになりました。……満月の夜に、ぼうっと頭が熱くなって、ふと眠りに落ちて目を覚ますと、この姿になっておりますの。最初のときはそれはもうわたくしも周囲も慌ててしまって、あやうく夜のうちに姫を丸飲みしたワニとして殺されるところでした。わたくしの声がそのまま残っていたこと、頭の中までワニになっていないことが救いでございましたわ。昨夜は満月でしたでしょう」

「ああ、そういえば」

まんまるで美味しそうな満月だったとソフィは思い出す。

「満月の次の朝から三日間私はこの姿になります。三日目はもう一日中眠くって、ほとんど動かず飲み物も食べ物も必要ありませんの。じいっと横たわって、目が覚めるといつものわたくしに戻っているのですわ」

「そうなのですね……」

目を覚ますと別の体になっている。いったいどんな気分だろう、それは。

ふうっとアニーがため息をつく。

「父上は初めの一年、ワニの呪いに違いないと国内海外からありとあらゆる呪術師を呼び寄せ御簾《みす》越しに祈らせましたわ。でも満月の夜が来れば、わたくしはまたこの姿になるの。三日で終わるのだし、何かの拍子に姿を見られたら事ですし。今のところ特に困ったことはないのだからと父上にやめるよう言って落ち着いていたのだけど、たまたまうちにいらっしゃったシルバーさんからあなたのお話をお伺いして」

アニーがソフィを見る。

「わたくしももう、一七歳。いい加減そろそろ伴侶を決めなくてはならない歳だわ。我が国は伴侶を国外に求める習わしで、ありがたいことに近隣各国の第二第三王子からのお申込みが来ているのだけど、これをお受けして、もともと肩身の狭い女王の夫……悪く言うなれば血を継ぐための種馬の立場に立たされる孤独な婿が、決まって月に三日間姿を見せなくなるような妻をどう思うか。……不貞を疑う暗いお気持ちが、政《まつりごと》や、やがて生まれる子にどのような影響を与えるか。わたくしはとても心配なのです」

毎月決まって三日間、姿を消す妻。

嘘の事情はいくらでも作れようが、事が事だけに、どうしたって不自然になる。事情を知る城の者たちは、腫れ物に触るように夫となった人に接することだろう。

「……前もって、夫となる方に事情をお話しするわけには？」

「ええ、お伝えしてから結婚すべきなのでしょうけど、お見せしたあとに破談になるのは困るの。一応国家の機密なのよ。だからといって結婚したあとにお見せして発狂されても困りものだし。そのままお国に逃げ帰られたらもっと困りますし。殿方って見かけのお強そうな方がお強いとは限りませんでしょう」

「そうですねえ」

あら？　とソフィは思った。

「わたくしは今お姿を拝見しておりますわ」

にやり、とアニーが笑った。

笑ったように見えた。

「わたくしはこの部屋の前まで籠に乗ってまいりましたわ。あなたとあなたのメイド二人が、『クロコダイル国の姫はワニだ』と外に出て大騒ぎして言いふらしたら、世間はどう思うとお考え？」

想像してソフィはため息をついた。

「化物嬢とそのお付きたちが、奇病で頭までおかしくなったと思われますわね」

「ええ。申し訳ないけれど」

ソフィは国の要人でもなんでもない。その発言にはなんの信用も力もないと、アニーははっきりそう言っているのだ。

「いいのです」

事実なのだから。特に傷つくこともない。

世間の世知辛さを飲み下すかのように、二人は静かにお茶をいただいた。

「ソフィさん、治療をお願いしてもよろしくて？」

「……やってみます」

ソフィはアニーの体に手をかざした。

どこにしたらいいのかわからなかったので、とりあえずおでこのあたりに。

『いたいのいたいのとんでいけ』

ああ、でもワニは。

ワニはどうしたら飛ぶのかしら。

『とおくのおやまにとんでいけ』

暗唱を終えて閉じていた目を開いても、見事なワニ皮は、つやつや光ったままだった。

「……ごめんなさい。せっかく遠くから来ていただいたというのに」

肩を落とすソフィを、アニーは金色の目でじっと見つめた。

「よろしくてよ。そもそもいただいた広告には初めから『治せるのは皮一枚だけ』と書いてありましたわ。一番うまくいってわたくしは、ツルツルの人肌を被ったワニになるだけでしたのよ」

「そういえばそうだわ」

二人はじっと見つめ合った。

「アニーさん、失礼でしたら申し訳ありません」

「どうぞ、おっしゃって」

「あまりお気落ちしているようには見えないのですが」

「ええ、そうでしょうとも」

アニーは微笑んだ。ように見えた。

誇り高い笑い方。に見えた。

「ソフィさん、クロコダイル国が何によって栄えたかをご存じ？」

問われてソフィは思わず嬉しくなった。ソフィは歴史も地理も大好きなのだ。

「ええ、古くからワニ革の産地として有名ですわ。上質な皮を持つワニが一年を通してとれ、それを加工する優れた職人が自然と集まり、鞄《かばん》につける金具の加工にも素晴らしい技術者がいらっしゃる。今はそこから枝分かれし発展した優れた金銀細工の装飾品も有名でいらっしゃいますわね。気候も一年を通して暖かく、美味しい果物と珍しい花も多く交易されておられるわ」

「よくご存じだわ」

アニーが目を細めた。ソフィは頬を染め笑う。今すごく楽しい。

許されるのならば年表をたどるように、クロコダイル国のこれまでのことを語り合いたい。だがそれでは時間はあってもあっても足りないだろう。

ソフィがぐっとこらえたことを見透かすように微笑んで、アニーが続けた。

「我がクロコダイル国には、大きなワニの処理場がございますの」

「初めてお伺いしました」

「技術の流出を防ぐため、国外の方はお入れしていないわ。養殖のワニもおりますし、ハンターが獲《と》ってきた希少なワニもおります。身が痛まぬようなるべく生かしたまま持ち込まれたワニを、専門の職人が一匹ずつ、まだ体が動いているうちにその皮を剝ぐのです。生きたワニから剝いだほうが皮の色が美しく、価値が出るからです。処理場の横を流れる川は、いつも生きながら皮を剝がれるワニの血で、常に赤く染まっておりますのよ」

「……」

「皮を剝がれたワニは苦しみ、のたうち回り、やがて動かぬ肉に変わります。わたくしどもはその肉を余さずにいただき、その皮を加工し国の産業として輸出しています。我が国に優秀な職人が集まり今のように発展できたのは、すべてあの大きな川を染めるワニの赤き血があらばこそ。ワニの血と肉と皮、その痛みと苦しみにより、我々は生かされているのです」

アニーの横顔は勇ましかった。

覗く牙も鋭い。

「これがワニの呪いだというのなら、それを受けるのにわたくしほどふさわしいものはいないわ。なぜならわたくしはクロコダイル国王家の娘、アニー＝クロコダイルですもの」

アニーの顔はその覚悟に、凜々《りり》しく輝いて見えた。

気高く、迷いなく美しい。ほう、とソフィは息を吐く。

「……ご立派でいらっしゃいますわ」

「ありがとう」

それでねソフィさん、話は変わるけどとアニーが続けた。

「このサロンは一年限りとあるけれど、一年を過ぎたら改めて有料のサロンをお開きになるつもり？」

「国の許可は必要だと思いますが、そのように考えております。どうしておわかりになったの？」

「だってすごい技術だもの。意義あることを長く続けるためには、当然にふさわしい対価を得続ける必要があると、商社のご令嬢ならばご存じなはずだわ。シルバーさんのお背中を拝見しました。あんな大きな入れ墨をなんの痕跡も残さず消せるだなんて信じられない。聞けば古い傷跡も消せるとか」

「はい。おそらく」

ふっとアニーが遠い目をし、悲しそうに眉を寄せた。

「わが国の貧しいものは、多くがワニを狩ることで生計を立てているわ。希少な色のワニは養殖では育てられないから、どうしても天然物も必要なの。珍しい色の希少種を狩れればそれこそ一度に大金が手に入るので、皆一攫《いっかく》千金を夢見て河に入るのよ」

「危険はないのですか」

ソフィは問う。アニーは悲しげに首を振った。

「とても危険よ。毎年多くの者が命を落としたり、大きな怪我を負ったりしているわ。狩りは普通は男の仕事なのだけど、貧しい家、女の子しかいない家は少女も手伝うわ。ワニに襲われた傷跡は男にとっては勇ましさの象徴になるけれど、女にとっては、貧の象徴なの。ワニに噛まれた傷跡のある女は、『ワニの食い残し』と呼ばれて、結婚の道すらなくなるのよ」

「ひどい……」

国ごとに文化、信仰がある。よその国の人間がとやかく言えることではない。それでも思ってしまう。若い女の子が体に残るような傷を負うだけでも辛いのに、そんな蔑称まで負わなくてはならないなんてと悲しくなる。

「貧しいから大した治療もできず、傷者として結婚もできない。多くの技術者は男ばかりしか弟子にとらないから、彼女たちは手間賃の安い細かな仕事を引き受けたり、肉や皮を運ぶような肉体労働をしたり。……中には娼婦《しょうふ》になる者もいるわ。『食い残し』は結婚相手にはふさわしくないけれど、『食い残し』と枕を共にした翌日は色付きのワニが寄ってくるというおかしな言い伝えがあって、人気なのよ」

「……」

幼く、逃げ場もなく、傷に傷を重ねられる彼女たちの苦しみに胸が痛む。ソフィは唇を噛み締め、そっとハンカチで目を押さえた。

そんなソフィを、アニーが見ている。

「古い凝り固まった考え方を変えたいのに、保守的な男たちがそれを阻むの。わたくしは悔しいの。傷ついた彼女たちを『食い残し』のままにしたくないの」

はっとしてソフィはアニーを見た。アニーがまっすぐに見返す。

「ええ。あなたが新たなサロンを開き、わたくしが王位を継いだ暁には、あなたに我が国に定期的に来ていただきたいの。わたくしは今日未来の女王として、あなたの未来を予約しに来た。唾をつけに来たのよ」

アニーがぺろりと牙を舐めた。ソフィは首をかしげた。

「予約などおおげさな。あなたが初めてのお客様の、閑古鳥が鳴くサロンの主よ」

ギラリとアニーの瞳が光った。

「今はまだ、知られていないだけ。女のあなたにはわかるはずだわ。あなたの力がこの世界でどれほど求められるものか。あなたの力で救われるものがどれほどいるものか。魔力は有限だから、助けを求めるそのすべてを救えなくなる日が必ず来るわ。だからこそ今のうちにわたくしと約束をしてくれない。ソフィ」

「無料の今のうちに使えるだけ使ってしまおうとはお思いにならないの？　アニー」

「わたくしもわたくしの国民も物乞いではないわ。正当なものには正当な対価を支払う。その分長くお付き合いしていただきたいとお願いしているのよ」

アニーの目は真剣だ。ソフィをからかっているわけでも、冗談を言っているわけでもない。だからソフィも背筋を伸ばす。

体に刻まれた傷跡に泣いている女性たちがいる。彼らを救いたいと思っている未来の賢き女王がいて、こうして訪れ相対し、ソフィに治療を頼んでいる。

「承知いたしました。何か書面は必要？」

「いいえ。今のわたくしはまだただのアニーだわ」

「では」

ソフィは小指を出した。アニーが首をかしげる。

「これはなあに」

「約束のおまじないよ」

ソフィは小指をアニーの爪のついた小指……っぽいものに絡めた。

「わたくしソフィはいつか女王アニーの国に定期的な訪問を行い、女王のお心に従い、治療を望むクロコダイル国の人々の傷跡を癒すとお約束いたします」

「ええ」

「ゆーびきーりしーましょー、うーそついーたらはりせーんぼんのーます」

「えっ」

「ゆびきった」

離れていくソフィの指を、アニーがぽかんと見ている。

ぴんと長い尾が立っていた。やがてするするとそれは下がる。

「……ところでソフィ」

「はい」

珍しくアニーが言い淀《よど》んだ。

「……あなたのお顔を見ることはできるかしら」

「そうね、こんなふうに隠していては仕方がないわよね」

ソフィはベールを剝ぎ、自らの顔に巻かれた包帯をこだわりもなく取った。凹凸のある肌が露わになる。

「少しヘビーですけど、うつるものではないから安心して」

露わになったソフィの顔に、パカッとアニーの口が開いた。驚かせてしまったかしらとソフィは申し訳なくなる。

「……なんだ。綺麗じゃないの」

「えっ」

まさか治ってる？　とソフィは顔を触ったが、いつも通りそこはぼこぼこし、ガサガサし、何やらヌルヌルしていた。

「そうかしら？」

「ええ、思っていたよりずっと。あまりにも噂がひどいから、わたくしオークのような女の子が出てくるだろうと思っておりましたの。あなたは顔のつくりがとてもお美しいわ」

目を合わせくすりと笑った。

「少なくとも、ワニではないし」

「ええ、少なくともかたちは人間ですわね」

フフフ、と二人とも笑った。

少し考え、ソフィは続ける。

「ところでアニー、お婿さんのことなんだけど」

「ええ」

「国内から取るわけにはいかないの？　できればワニが大好きな、賢い男性を」

パカッとまたアニーの口が開いた。思わずリンゴか何かを入れたくなる。

ソフィは頭の中の歴史書をめくった。

熱帯の島国クロコダイル家の歴史をさらった。

ソフィは歴史書が好きだ。まんべんなくボロボロになり、暗記するほど読み込んでいる。

「書を読んだだけの知識なので間違っていたらごめんなさい。クロコダイル国が国外から伴侶を得るようになったのは、もともと少人数の近親者からなる王国だったからのはず。血の近しい者同士の婚姻によって生まれる弊害を避けるため、かつ諸外国に囲まれた島国ゆえ諸外国と縁を結ぶ必要があったからだったはずだわ。でもそれはもはや遠い遠い昔の話。これほどまで国が豊かになり人口が増え、婚姻関係を結んだ周囲の国々との親交が充分に結ばれたなら、今更古い伝統だけに縛られる理由はないはずよ」

ソフィはわっしとアニーの両手を握る。

「脈々と連なる王家の方々が、代々誠意を持って婚姻相手を大切に遇したクロコダイル国王家。今なら伴侶を国外から求める伝統はどうにかなるのではなくて？　伝統に則《のっと》り政略結婚を受け入れようとしていた姫が、心を抑えきれず同国の方と恋に落ちてしまったのだという美談にできるのではなくて？」

ぱちくりと黄金色の目が見開かれている。ソフィの手に力が籠もる。

「クロコダイル家はもはや近隣に気を使う必要がないほどの力のある国だわ。その象徴として国民はそろそろ、クロコダイル国の中と中の純粋なお世継ぎを望んでいるのではなくて？　お相手には結婚前にあなたのこちらの姿を見せて、大丈夫ならよし、ダメならそれこそわたくしのように……その方にはかわいそうなお話になってしまうだろうけど……。けれどもクロコダイル国に生まれワニを見て育ち、その大切さを充分に理解している理知的な方ならば、あなたのこの姿をきっと恐ろしいなどとは思わないわ。むしろとても神聖で、チャーミングに思えるのではないかと思うの。何も隠す必要などなく、アニーのどちらの姿も、そのままのアニーとして愛してもらえるのではと思うの」

口を開いたり閉じたりを何度か繰り返したのち、ぱくん、とアニーは口を閉じた。そして開けた。

「……あなたのおっしゃるようなお方がいるわ」

かあっと、アニーの頬が赤くなったような気がした。

「とんでもないワニ好きで、ワニ馬鹿で、暇さえあれば養殖されているワニの様子を眺め続けて、毎年馬鹿みたいな量の報告書を上げる王家お抱えの研究者がいるわ。研究馬鹿すぎてもういい歳なのにお嫁さんももらわず。……わたくし……」

かあっとアニーの全身が赤く染まったような気がした。

ワニワニと……否わなわなとアニーは震えている。

凛とし大人びた彼女が初めて見せる少女らしい様子に、ふわりとソフィの胸があたたかくなった。

「アニーはその方がお好きなのね」

優しくソフィは微笑んだ。

ワニを熱いまなざしで見つめる若き研究者を、密やかに恋するまなざしで見つめる若き姫の横顔を、見たような気持ちになった。

ぱくんとアニーの口が閉じる。

そしてこくん、と頷《うなず》いた。

「わたくし……」

ぽろんとアニーの目から涙が落ちた。

「——王女に、恋など。……あってはならぬものだと」

ぽろ、ぽろ、ぽろと宝石のような涙が落ちる。

「自身にそう、ずっとずっと、ずっと……言い、きかせて……」

ぽろん、ぽろん、ぽろん。

震えながら涙するアニーを抱きしめながら、ソフィは思った。

アニーの身に一二歳で起きたこれは、アニーの恋とともに生まれたものなのではないかと。

国土を流れる赤い河を見つめ国のために死んでいったワニたちを想《おも》い、自らの立場を正しく理解し民と国の未来を想う。国のためならば自らの心を殺すことも当然と考える、賢く慈悲深い次期女王に。

その凛とした幼き人に、想う人と寄り添う道を作らんとした、国の島々からの祝福なのではないかと。

アニーの宝石のような涙が止まるまでソフィは、その艶やかな背中を撫で続けた。


「ソフィ様、お客様ですわ」

厨房《ちゅうぼう》でレイモンドと新作のお菓子の味見をしているところにクレアから声がかかった。困ったように眉を寄せている。

「先ぶれを出していないので、不在ならよいとの仰せですがいかがいたしましょう」

「どなた?」

「それが……」

玄関の前には大きな馬車があった。

歩み寄るソフィを認め、その扉が開く。出てきたのは若い娘だった。

浅黒い健康的な肌に、アーモンド型で目尻の上がった二重の黄金の瞳。ふっくらとした赤い唇。

出るべきところが出、引っ込むべきところが引き締まって引っ込んだ見事なボディ。黒々とした漆黒の長い髪、セクシーな流し目。

その人の正体にソフィは気づき、微笑んだ。

「アニー」

「ええ、ソフィ」

にっこりとアニーも微笑んだ。あれから三日が経ち、アニーは人の姿に戻ったのだ。

理知的な瞳を輝かせ、晴れ晴れとした表情でアニーは鮮やかに笑う。

「国に戻る前に、もう一度あなたに会っておきたくて。こちらよろしかったら使ってくださる？」

手渡されたのは綺麗なワニ革の鞄だ。飴色に加工され、つやつやと輝いている。細かいところまで一切の手抜きをしていない、宝石のような革細工だった。

まあ、と目を見開いたあとアニーを見つめ、ソフィは眉を寄せた。

「ごめんなさいね、痛かったでしょう」

「わたくしの皮ではなくてよ」

これは代金ではなく贈り物、とのことなのでソフィはありがたく押しいただいた。

「あとこれを」

手渡されたのは結構な重みのある金細工だった。なんというか、パズルのような形をしている。

「これは？」

「割符のようなものよ。我が国の中で、あなたがわたくしの特別な客人であることを示してくれるわ。大切なものだからなくさないでね」

クロコダイル国に来たときに使ってちょうだいとアニーはあっさりとそう言うが、おそらくこれは国の要人が要人に手渡すような大変なものである。

少なくともつい先日会ったばかりの小娘に手渡すようなたぐいのものではない。ソフィはじんわりと手のひらに汗をかくのを感じた。

「……いただけないわ」

すうっとアニーが獰猛《どうもう》な動物のように目を細める。

「いいえ受け取っていただくわ。『おまじない』だけで約束したと安心するほどわたくしは甘くなくてよ」

そしてもう一度ソフィをまじまじと見つめ、ふうっと表情を緩める。

「わたくしあなたがただのお嬢様であれば、すべてをお話しするつもりなどありませんでしたわ。わたくしのあの姿を見てまともに話ができるお嬢様など、たとえ『化物嬢』でも無理だろうと思っておりましたのよ。一目見て気絶でもするようならすぐに立ち去り、夢だったのだと思っていただくしかないと考えて、それなのに……」

ふふっとアニーは笑う。

「『生肉でなくてよろしくて？　生き血でなくてよろしくて？』ですって？　あなたの肝の太さは相当なものですわ」

「動転したのよ」

ぷすーとソフィはむくれた。

「動転の仕方が全体的に太いのです」

「まあ」

二人で笑い合い、そして沈黙して見つめ合った。

「国に戻ったらすぐ、お父様にわたくしの結婚についての考えを申し上げるわ。どう言ったら一番勝算があるかとあれこれ考えたけれど、策は弄さず心のままに伝えることにします」

そうね、とソフィは微笑んだ。きっとそれが一番、父親の心に届くだろう。

国の呪いを一身に背負う芯の強い賢い娘の、愛する人と添いたいという願い出。相手が独身の臣下で、娘の身にかかる呪いを国外に知られないという大いなる利を含む内容なら、父である国王が退けられるはずもない。

「親子喧嘩《げんか》をして家出するときはうちに来て。歓迎するわ」

「一〇〇万の援軍を得た気分だわ」

またふふっと二人で笑い合った。

それじゃあ、とアニーが優雅に礼をし、馬車に乗る。ソフィも一礼し、遠ざかっていく馬車を見送る。

一〇代の少女同士のものとは思えないような、あっさりとした別れであった。

走り去る豪華な馬車を見つめながら、ソフィは潔い未来の王女の、その幸せを願っていた。


クロコダイル国王女が同国の研究者と結婚したという知らせをソフィが知るのは、それから約半年後のことであった。

あんなに近しく親しく話しても、彼女は遠く、比べるまでもなく尊い。彼女はソフィのような一介の町娘がお祝いを述べられるような立場のお方ではない。

それでもあの日、ここで並んで食べ、共に笑った。

どうか心安らかに。幸せに、幸せに、とあの日アニーがいたソファを撫でるソフィの手の中で黄金色のパズルがきらんと光り、ふふっと笑ったような気がした。

貴婦人イボンヌ

りん、りん、りん
クレアのベルの音がする。今回は前のようには震えていない。

またもやテーブルクロスを慎重に撫でていたソフィは、パッと立ち上がった。

アニーを見送ってからおよそ五日後、またサロンを訪れたいとの申し出の文が届いた。

アニーのものほど立派ではなかったが、綺麗な花の絵の描いてある上質な便箋に、美しい筆跡で完璧に文法を守って書かれた丁寧な申し込みであった。

家名は伏せられているが、隣国の貴族のご婦人である。大きなほくろがあり、長年の悩みの種なので取ってほしいとの申し出だった。

「身分の高い方のお申し込みが続くのね」

首をひねるソフィにユーハンが言う。

「まだ海外の太めの取引のあるお客様のもとにしか広告が届いていないんだろう。興味を持っても、外国の商社の一室に、では行ってみようかしらと思えるのも暮らし向きに余裕がなければできないことだ」

そうねと答えながらどこか落ち込んでいるソフィの肩を抱いてユーハンは慰める。

「私としてはお迎えするのは高貴な方のほうが安心だが、ソフィは違うんだな」

「ええ」

ソフィは頷いた。尊い方にも、そうでない方にも。生きるだけでゼイゼイしているような、たとえば一人で子を育てる母とその娘のような人にも、ソフィはここを知ってもらいたいのだ。

「ここらの酒場や食堂なんかの気安い場所にも少し広告を出してみよう。あんまり押しかけられても困るから、初めは少なめにして、様子を見てみようか」

ありがとう、とソフィは微笑み、父の腕を抱き返した。

可愛い子には旅をさせよ。思っていてもそれができる親はそう多くはない。父の愛に触れ、ソフィは心の底からその大きさ、深さに感謝した。


そして本日、隣国の貴族のご婦人を迎える日。

繊細な硝子細工の皿の上に、同じく繊細に細工切りされた花畑のような小さめのフルーツと、ムースの盛り合わせ。香りの少ない凜とした藍色の花がテーブルを彩っている。

手持ちの中でも質のいい服を纏い、髪を上品にまとめ、相変わらずマーサにグルグル巻きにされた包帯でソフィはお客様を出迎えた。

入ってきたのはピンと背筋の伸びた、小柄な女性である。年齢はおそらく五〇代の後半。華美ではないが充分に上質とわかる紫の服を纏い、グレイがかった金の髪を綺麗に巻いてからまとめている。装飾の類は左手の薬指にあるシンプルな銀の指輪だけで、貴族にしては質素ないでたちだ。

だがその歩み方、手の動かし方、裾のさばき方に、貴族以外の何者でもない凜とした品と誇りがある。

向き合った婦人は口元を扇で覆っている。

眉間に知的なしわはあるが険はなく、目尻の笑いじわが優しい。鼻から上しか見えないが、若い頃は相当に美しかっただろうと思わせる容姿だった。

奇異な格好のソフィに対して抑えきれない好奇心は輝くものの、気味が悪いと眉を寄せたり身を引く様子もない。

彼女はやわらかく微笑み、優雅に礼をした。

「お初にお目にかかります。わたくしイボンヌと申します。本日は個人としてお伺いしておりますので、家名は勝手ながら伏せさせていただきますわ」

思ったよりも芯のある、はっきりとした声だった。決して威圧的なものではなく、浮世離れしていないしっかり者のご婦人の声だ。

ソフィもきっちりと礼を返した。

「ソフィ＝オルゾンと申します。本日は遠いところをお越しいただき、誠にありがとうございます。もちろんご家名はお伏せいただいたままで差し支えございません」

椅子を勧め、自身も座る。まだ口元を覆っているイボンヌにお茶を勧めると、いたずらっぽく彼女の目が笑った。

「お先に召し上がっていただける？」

「？　……はい」

毒でも入っていると疑われたのかと思い、ソフィは慌てて大丈夫であることをアピールすべく茶を口に含んだ。

「さて本日ご相談のほくろでございますが」

今度は思ったよりも早い話し出しに慌ててティーカップを置こうとしたソフィの前で、イボンヌがさっと扇を外した。

露わになった口元。というか鼻の左下に、こんもり黒々と盛り上がった大きなほくろがある。

これは……。

これはまるで。

「ハナクソでございましょ？」

ブッと茶を噴きかけソフィはギリギリ抑えた。あら惜しい、とイボンヌは一瞬当ての外れたような顔をする。だが一瞬で気を取り直しズイと身を乗り出し。

「ほらほ～ら」

扇をかざし、またさっとどかして。

「ほ～らほら」

ブルブル震えながら変な顔でこらえているソフィを煽《あお》るように揺れながら繰り返す。

なんとか口の中身を吐き出さずに飲み込んだソフィに、今度こそイボンヌはいたずらに失敗した子どものようにあからさまにがっかりした。

「あと少しでしたのに」

残念ですわと扇をテーブルに置き、もう使う様子はない。扇で顔を隠すのは貴族の習慣かと思いきや、この笑いを引き出すためだけの小道具だったようである。

ゴッホゴッホとむせながら、ソフィはなんとか体勢を立て直した。

「ン、ンん！　イボンヌ様、本日はそのほくろをお取りになりたいということでよろしいでしょうか」

「ハナクソですわよ」

「……ほくろでございます」

笑ってはいけない、こんな失礼な笑いはいけない。そう思おうとすればするほどソフィの肩は震える。そもそも貴族のご婦人が、こんなにカジュアルにクソクソ言っていいものなのであろうか。

ソフィはイボンヌをじいっと見つめた。

色白の美しいご婦人である。年相応の洗練されたものを自然に身に纏い、薄化粧でも充分に美しい。が。

見てしまう。

見てはいけないと思っているのにどうしても目がつつつとそこに行ってしまう。

ダメなのに、いけないのに。

どうしてもそこに目が引き寄せられてしまう！　つつつと！

「あなたは優しいお嬢さんね」

ふっとイボンヌが微笑んだ。えっとソフィは驚く。今自分は大変失礼な態度を取っているはずである。

ふうとイボンヌはため息をついた。

「初めてわたくしのこれを見た人は、だいたいが小馬鹿にする顔で見るのよ。そりゃそうだわ気取った貴族の妻が、実際馬鹿みたいな大きなハナクソをつけているのだもの」

「ほくろでございます」

「目に宿る、にやにやとした相手を見下した笑い。もう慣れたことですし、相手の人となりが一発でわかるから重宝しますけれど、もうさすがに見飽きましてよ」

「それでお取りになりたいと？」

ふう、と疲れたようにまたイボンヌが息を吐いた。

「聞いていただける？」

そうしてイボンヌは語り出した。

イボンヌは男爵家の一人娘として生を受けた。

母はイボンヌが四歳の頃に病気で亡くなり、父と乳母、メイドたちの中で育った。

田舎の領地で自然に囲まれ、日々走り回り、イボンヌは立派なおてんば娘に育った。

初めは少し盛り上がっていただけのほくろは、成長とともに大きくなっているようだった。

六歳で貴族のための学園に通い出した頃、イボンヌは初めて呼ばれるようになる。

『ハナクソイボンヌ』、と。

その頃からイボンヌは、人の目が怖くなった。特に男の子たちは遠慮なくイボンヌをそのあだ名で呼び、さらには涙ぐむイボンヌを見て囲んで唱和して笑う。

幼いながらもイボンヌは自身が軽んじられる田舎男爵家の娘であることを理解していた。正面から言い返すこともできず、ただ泣きながら逃げて隠れることしかできなかった。

大きくなればなるほどほくろも大きくなる。俯いて、手で隠すような癖がついていた。

やがて子どもから少女に変わっていく女子の友人の輪にも、徐々に入れなくなっていった。

流行の化粧の話、服の話、恋愛の話。しているときにもチラ、チラと誰かの目線がそこに注がれるのを感じた。優雅に微笑む顔の奥に隠された、あざけるような笑いを感じた。

『でもあなたのそれじゃあ無理よねえ』

と言われているような気がして耐えられなくなったのだと。

「若い娘ならではの、自意識過剰ですわ」

ほろ苦くイボンヌが笑う。

「いいえ。イボンヌ様がおきれいだったからですわ」

ソフィは真剣に答えた。そう、若き日のイボンヌは綺麗だったのだ。だからこそ男子は構いたくてからかうし、女子からは遠回しに牽制《けんせい》される。これがもとの造りも残念な少女なら、きっと皆気にもせず、誰も構いはしなかっただろう。

ありがとう、とイボンヌは綺麗に微笑んだ。

「一四、五歳にもなると一人でいるのも上手になりましてねえ。一人で本を読むのも、食事をするのも、勉強をするのも、かえって集中できて楽でしたわ」

それでもどうしても心が静まらないとき——ほくろのない右の横顔を見て話しかけようと寄ってきた男子が正面の顔を見て去っていったり、女の子の集団からクスクス笑いを受けたような気がしたり、優しい先生がイボンヌの顔を見て『惜しいことだ……』と声を詰まらせるようなことがあるたびに、イボンヌは裏庭に向かった。

すでに退職した高齢の管理人さんが世話をしていた花壇を、イボンヌは自ら進み出て世話をさせてもらっていた。

中央のガーデンとは比べものにならないほど狭く、薄暗い裏庭に咲く名もないような花々が、イボンヌの心の慰めだった。

土を掘り、雑草を抜き、余計な枝を切る。

手は傷つき、土で汚れる。

この学園に通うような貴族の令嬢がするようなことではない。枯れたからといって誰も困らないどころか気づかれもしないだろう小さな花壇の花々だけがイボンヌの友達だった。

わからないことがあれば図書館で調べ、それでも解決しなければ近くの花屋や家の出入りの庭師に助言を乞うた。

辛いときは泣きながら、寂しいときは歌いながら。

笑われても平気。一人でも大丈夫。わたくしにはあなたたちがいるからと。

物言わぬ小さな花々に日々慰められて、イボンヌはなんとか卒業を迎えることとなった。

「そうなればなんだと思いますかソフィさん」

「……結婚でございますね」

「ええ」

本当なら学生のうちに婚約相手の話があってしかるべきだったのに、イボンヌにはなんの申し出も届いていなかった。

そもそも一人娘で婿を取らなければならない身なのだ。嫁に行くなら行くで、親戚の子を養子に取るなり、いろいろと算段しなければならない。父側で積極的に動くべきところこのときまでなんの音沙汰もないとはいかがなことか。

卒業前の休暇で学園の寮から戻り父と話をしようとしたイボンヌは、屋敷の中が妙にがらんとしていることに気づいた。

ここにあったはずの壺《つぼ》がない。

掛けてあったはずの絵画がない。

敷いてあったカーペットがない。

「まさか……」

ソフィは息を呑んだ。

「そう、私が学園で花を愛《め》でているうちに、我が家は傾いていたのです。派手に！」

父を問い詰めれば、なんでも先物取引に失敗し、大きな借金を作ったとのこと。次の期限までに借金を返せなければこの屋敷の存続すら危ういのだと。

おとなしく田舎の領を無理なく治めていれば、贅沢《ぜいたく》はできなくとも穏やかに暮らせたというのに。

父親の浅はかさに顎が落ちる思いだった。聞けば聞くほどそれは単純な投資の失敗などではなく、詐欺師に騙《だま》された田舎男爵のよくある愚かな馬鹿馬鹿しい話だった。

我が父はここまで阿呆《あほう》だったかと驚愕《きょうがく》しながら、同時に、語る父親の小さくなった背中、薄くなった毛髪を見て気づいた。

――寂しかったのだ。父は。

おとなしい性格で、これといった趣味もなく、酒にも弱い。

早くに妻を亡くし、親しい友人の訪れもない。娘が学園の寮に入り、召使いの数が減った広い屋敷で、ただぽつねんと仕事だけをする日々。そんな中、にこにこと笑いながら親しげに近づいてきた男たち。

父を褒め称《たた》え、楽しいジョークで和ませ、斬新なビジネスの話をし、あたかも自分が有能な実業家のような気分にさせてくれた男たちの『ここだけの話』に乗って、金を出した。

父は、寂しかったのだ。誰かに褒められたり、認められたり、話を聞いたりしてほしかったのだ。

イボンヌと同じだった。その寂しさを知る、娘の自分こそがしてあげなければならないことだった。

旅費がもったいないからとろくに家に帰らず、文に書くような楽しい生活ではないことを知られたくないがために、文は定型的なそっけないものばかりであった。

イボンヌにとっての花が父にはなかった。

いや、花だと思って心許したものが、金目当ての詐欺師たちだった。

「身分を捨て、家を売る決心をいたしましたわ。どこまで働けるかわからないけど、幸いわたくしには職業婦人になるなら仕事を紹介するとおっしゃってくださる先生もいました。一人で勉強ばかりしておりましたから、評価してくださる先生もいたのです」

イボンヌがぴんと背筋を伸ばし、きりりと燃えるような目をした。当時の記憶が蘇り、少女に戻っているのだ。

愚かな父を許し、身分を捨て、働きながら支えようと決意した少女の頃に。

「そこに意外な申し出が飛び込みましたの」

お見合いの申し込みだったという。

「近くの領地の男爵家からでした。位は同じでも、うちなどよりもよほど伝統ある、裕福なおうちでしたわ。突然の申し込みに父もわたくしも驚いて、これもまた何か騙されているのではないかといぶかしんで、うんうんうなって。でももうわたくしたちに失うものは何もありませんから、母の古いドレスを着て首をひねりひねりしながらお見合いに行きましたの」

仲人も後見人もないお見合いの場に、イボンヌは父とともに乗り込んだ。

古いがよく磨き込まれた屋敷だった。大切に使われているとわかるソファは、やわらかくイボンヌを抱きしめてくれた。

そわそわと落ち着かない二人の前に。

「くまが現れましたわ」

「くま！」

クスクスとイボンヌは笑う。目尻のしわがやわらかく深くなる。

「くまと優しげな奥様と、さらに大きなくまのご主人様でしたわ」

どこかで見た顔だわ、とイボンヌは思った。そしてあっと思い出す。

裏庭の手入れをしているとき、ときどき見た顔だ。

何か体術の部活動をしている男くさい集団が走るさい、いつも同じ方向からイボンヌの横を通りかかった。その中に見たことのある、体の大きな男子生徒の顔だった。

「あの庭で。……わたくしを見初めた、とおっしゃるの」

ポッとイボンヌが頬を染めた。

少女のような恥じらい方だった。

親同士を交えての懇親ののち、あとは若いお二人でと可愛い花がいっぱいの庭に出された。

『わたくしたち、お話したこともございませんわ』

率直に言ったイボンヌに、くまは顔を真っ赤にして答えた。

『それでも僕は、ずっとあなたを見ていました』

暑い日も、寒い日も一人で、丁寧に慈しみながら優しく花の手入れをする小さな少女を見ていた。

手を泥だらけにしながら、しゃがみ込んで雑草を抜いている背中を見ていた。

悲しそうな、寂しそうな顔をしているとき、話しかけて慰めたいと思いながら、勇気が出ず声もかけられなかった。あんな綺麗な人が、突然こんな大男に声をかけられたら怖がってしまうに違いない。明日にしよう、また今度にしよう。そうやって毎日弱い自分を擁護して、結局この卒業前まで何もできなかった。

『綺麗？』

イボンヌはぎょっとした。

『わたくしのこの顔がでございますか？　こちらからもちゃんと見まして？』

あえてほくろを前面に押し出して迫るイボンヌに、くまはきょとんとした顔をした。

『いや、むしろいつもこちら側のお顔を拝見していました。反対側はいつも壁に向いていたからその……今改めて見ると綺麗すぎて、恐れ多くて。そちらばかり見ていたらこんなふうにお申し込みすることもできなかったかもしれない』

学園で、親しい先生がイボンヌの話をしているのを聞いたのだという。

聡明な少女がもったいない、という噂話からたどってイボンヌの現状を把握し、他のご令嬢との結婚話を持ち込んだ両親に向かって、添いたい人がいると生まれて初めて強く主張したという。

驚いたことに彼はイボンヌの父が背負った借金の金額まで把握しており、もしよければ自分に立て替えさせてくれないかとまで言った。彼か、彼の両親かがわざわざ金を使って、詳しく調べたに違いない。

それを知ってなお、彼はこうしてイボンヌにまっすぐに向き合い、眩《まぶ》しそうにはにかみながら見つめてくれる。

『突然こんなことを言ってごめん。君の不幸につけ込むようなことをしてごめん。でも』

ずっとずっと、君を見ていました。君が好きです。どうかどうかお願いです、僕と結婚してください。

なんのひねりもかっこつけもないプロポーズ。

真っ赤な顔を無理やりのように上げ、膝をついて祈るように広げられた震える太い腕に、勢いよくイボンヌは飛び込んだ。

くまは頑丈だったので大丈夫だった。イボンヌを抱きしめ、イボンヌと一緒に泣いてくれた。

イボンヌは優雅にお茶を飲み、かたりとも音を立てずにティーカップを置いた。

「父は親戚の子を養子に迎え実家の爵位は継続。わたくしは今は息子が二人、一人はよそのおうちに婿に行き、一人はお嫁さんをもらって、可愛い孫が四人おりますわ」

「まあ！」

照れたようにイボンヌは笑う。質素に見えたワンピースの裾を少しめくりあげ裏地を出すと、そこには鮮やかな花々の柄がある。

「若い頃に我慢したせいか、新しいものや流行《はや》りのものが大好きですの。本日もこの港で新しい柄の布の売り出しがあるというので買いに来ましたのよ」

一番着飾りたいはずの一〇代で抑えていたおしゃれ心が、イボンヌの中に残っているのだろう。前面に押し出さないところがなんとも粋である。

満ち足りた穏やかな顔で、イボンヌは笑っている。ほうとソフィは息を吐いた。

誰もいない庭で一人、瞳に涙を溜めながら手を土まみれにしていた少女は、今こんな優しいお顔でゆったりと微笑んでいる。

「お幸せなのですね」

「ええ、幸せです」

迷いなく言い切ってイボンヌが美しく笑う。

よかった。

――よかったの、だが。

「……なぜ今頃になって、とお思いでしょう？」

イボンヌがソフィの表情を正しく読み取って声をかけた。

はい、とソフィは素直に頷いた。

イボンヌのほくろは確かにイボンヌに寂しい少女時代を与えたかもしれない。だがそのおかげで優しいくまさんの夫との縁が結ばれ、今幸せにしているのだ。

「確かにこれのおかげで得たものはたくさんあるのです。……長男のお嫁さんと初めて会ったとき、それはもうわたくしもお相手も緊張しておりましたけれど、お互い顔を見て同時に笑いました。……彼女もほくろが多かったのです。わたくしほどの大物ではございませんが、数が多くて。顔を隠そうとする手の癖がかわいそうやらいじらしいやらで。せっかく盛大に嫁いびりをしようと思っていたのにできなくなりましてよ」

「まあ」

嘘だ。

きっとイボンヌは嫁いびりするつもりなど毛頭なかっただろう。そういうねちねちとしたことを好む人ではない、ということは、少し話しただけのソフィにもわかる。

「父を看取り、子を産み育て、かわいい孫まで生まれて。あとはきれいに死ぬだけというお婆さんが、今更、とは思うのですが……」

イボンヌが遠い目をした。

「血が受け継がれおのれの死期の近づきを意識したせいか、何やら最近最初の記憶を、よく思い出すのです」

「最初の記憶？」

ええ、とイボンヌが頷いた。

「赤子の頃の記憶は普通はございませんでしょう？　ちいさな子どもだったときで、一番古い記憶です。そのときわたくしは床に横たわり母と向き合っているのです」

しい、しい、しいという夏の虫の音が響いていた。

むんという暑さに包まれていた。

母の鼻から下だけが見える。

鼻の下にはイボンヌのそれとまったく同じところに、黒々とした濡れたほくろがあった。

母の手には、先端を火にあぶられた長い針が握られている。

ちらちらと揺れながら赤く光るそれを、母はイボンヌの顔に向けていた。

横たえられ強くつかまれた肩が痛いと思いながら、イボンヌはじっとそれを見ている。

ブルブルと震える赤い針が、イボンヌの顔に近づいてくる。

じい、と虫が悲鳴のような声で鳴いた。

ぬるく己の額から落ちる汗の感触を感じながら、赤く光る針が揺れて長い光の線を作るさまを、綺麗だと思いながらイボンヌは見ている。

「そこまで。それだけですわ。それがわたくしにあるただ一つの母の記憶です」

お母様にもほくろがあったの？　と小さい頃父に聞いたことがある。父は驚き、そうだよと答えた。家に残る美しい人の肖像画にはほくろはない。母が画家に言って消させたそうである。

母はどんな人だったかと尋ねるイボンヌに、父は『優しい女性だった』と答えた。よくお前を抱きながら、優しい声で子守歌を歌っていた、ということだ。

なぜ自分に残る記憶がその優しいほうの母の愛の記憶でないのか、イボンヌは不思議だった。

なぜ母はあの日、娘の顔を焼こうとしたのか。あれは何かの、罰であったのか。ではなぜ自分の顔、体には火傷の跡がないのか。

イボンヌはすべて、不思議でならない。だが記憶違いと思おうとするには、あの光景はあまりにも生々しすぎる。

「最近は鏡を見てこのハナクソを見るたびに」

「ほくろでございます」

「あの噛み締められた赤々とした唇と、同じ色の針が頭に浮かぶのです。実の子を床に押しつけ焼いた針を向けるような女の血がこの身に流れていることを思い出してしまうのです。孫を抱いて子守歌を歌いながらふっと、このわたくしもこの可愛い孫に突然にそのような恐ろしい折檻《せっかん》をするのではないかと怖くなるのです。息子たちを育てていたときは、そんなこと少しも気にならなかったというのに。思い悩むことが増え、そんなときにこちらの広告を拝見したものですから、これはご縁と思いこの忌々《いまいま》しいハナクソをぷっつりと取っていただこうと思いましたのよ。あの、恐ろしい思い出とともに」

「あのう……」

遠慮がちにソフィが言った。何かしらとイボンヌがソフィを見る。

「お母様はほくろを焼こうとなさったのでは？」

「は？」

イボンヌがぽかんとした。え、とソフィは慌てる。

「お母様は泣きながら焼いた針を持って、イボンヌ様が決して動かないように固く押さえつけていらしたんですよね？」

「わたくし、母が泣いていたと申し上げて？」

「ほくろが濡れていたとおっしゃいましたわ」

「ああ……」

「お母様にも同じほくろがおありだったのなら、これから大きくなっていく娘が背負う苦労もおわかりだったはずですわ。まだお小さい、肌の治りがいいうちに焼き切ってしまおうとなさったのではありませんか？」

かっとしての折檻なら手で済むだろう。娘が憎くてとことん痛めつけたいならばわざわざ焼いた針など使うまい。

たかがほくろに将来娘が自分のように苦しまないようにと、毎日娘の顔を見て何度も思い、思いつめ、その日泣きながら、震える手で焼いた針を向けた。

そして、できなかったのだろう。娘を傷つけることが怖くて。

むしろ他になんだというのですかとソフィは尋ねた。

イボンヌが呆然《ぼうぜん》としている。こうなると若々しく見えたイボンヌも、孫四人のいるおばあさまなのだと感じる。

しばらく二人は沈黙した。

癖なのか、イボンヌはほくろを隠すように頰を撫でた。

「そう……」

俯いた先の床に小さな女の子がいるようにそこを見て、またほくろを撫でた。その手つきは先よりも優しくやわらかい。

「――あれは……愛の記憶でしたの」

ゆっくりと、床に押しつけられた子どもの目から反対側に角度を変えて。震えて揺れる赤い光を、イボンヌはそこに、そっと見ているようだった。

ゆっくりと何かを飲み込むように、目を閉じる。

「ソフィさん」

「はい」

「間もなく新しい品種のイモが市場に出ますわ」

「イモでございますか」

突然のイモ話に今度はソフィがぽかんとする。

「ええ、水のないところでも旺盛に根付きよく育ち、盛大に実ります。ほんのりと甘い菓子のような味がするイモです。腹持ちがよくって、滋養もたっぷり」

「素晴らしいわ！　どれほどの人が救われることでしょう」

雨の少なさに泣く土地はたくさんある。乾きが即飢えにつながる地域に住む人々にとって、それは救世主のようなイモになるに違いない。

目を輝かせるソフィに、あなたは迷わずそちらの方たちのほうを見るのねと、慈しむようにイボンヌが笑った。

そしてカッ！　と眉を上げる。

「イモの名は『イボンヌ』。夫は長い年月をかけて開発したイモに、愛する妻の名をつけました」

「なんて無骨！　くまさんらしいにもほどがあるわ！」

イモ。

イモだ。

新しい星座や麗しい花などではない。イモである。

それをとても大切で有用なものと思い、そして妻を愛するゆえに、夫はその素晴らしいイモに妻の名を付けた。

「そして『イボンヌ』には不思議なことに、それぞれ表面の皮に大きな黒い点が一つずつついているのです！」

「なんということ！」

ぱあんと思わずソフィは手を打った。

イボンヌの名に恥じぬイモである。夫の愛がイモに乗り移ったのではと思うほどの奇跡である。

ふふふとイボンヌが笑った。

うふふふふとソフィも笑った。

「取るわけにはまいりませんわね」

「ええ。イモの名前が変わってしまいますわ」

はあやれやれ、と二人は冷めきった茶を飲んだ。

「お時間をとらせましたわね」

「楽しゅうございましたわ」

息子のどちらかが独身なら、あなたをお嫁さんに欲しかったわと、お世辞でもなさそうにイボンヌが呟いた。

盛大にいびられるのはごめんですわとソフィが答えた。

うふふふふと、また二人して笑った。

皿を取り、菓子を口に運ぶ。あら美味しいとイボンヌが微笑む。

あたたかな風が吹く。小さな可愛い花たちが、わわわと窓の外で揺れている。

料理人ウマイ

「今度こそですわ」

またテーブルクロスを撫でながらソフィは三度目の正直を待つ。

アニーにもイボンヌにも満足してお帰りいただいたものの、ソフィは本来の『治療』にまだ一度も成功していない。

今度こそと今回も乱れていないテーブルクロスをソフィは撫でる。


今回の文は実に質素だった。

薄く質の悪い一般的な庶民が使う紙に
『火傷の跡を治したい　料理人　ウマイ（男、二〇歳）』

ウマイ氏は料理人だからきっとたくさんの火傷があるのだろう。男性だから小さな火傷痕なら放っておくだろうし、何か事故があって大きな火傷を負ってしまったのかもしれない。

今度こそ、今度こそとソフィは盛大にクロスを直す。


『若い男だと！』

ユーハンが案の定難色を示した。ぐっと眉間にしわを寄せて、うむむむとうなり続ける。

グルグルと変な動物のように部屋の中を回ったすえバタンと部屋を飛び出し、手に持った不思議な色の石をソフィに差し出した。

『これは……？』

『護身用の魔石だ。攻撃の意思を持って相手に投げつければ、いい感じに爆発するよう加工されている』

『爆弾ではないですか！』

『これを持っていてくれないのであればこの私の一存で今回の依頼は断る』

ユーハンは真剣な目でソフィを見つめた。

『これまでのような身元の確かな女性ではない。これは父がギリギリ譲れる最後の線だ』

『……わかりました』

しぶしぶながら受け取ったそれを、ソフィはテーブルの下に隠した。

『これほどまでに違うのですね』

父には聞こえないようにソフィはため息をついた。

この世界には、身分の差が存在するのだ。困っている人に対し爆弾を持って迎えなければならない己の弱さが悲しかった。

りん、りん、りん

三回目にもなればクレアのベルの音も涼しくなるものである。ソフィは立ち上がってお客様を迎えた。

のっそりと、背の高い男性が部屋の中に入ってくる。深く帽子を被っていて顔が見えず恐ろしげに見えるが、若い肩をすぼめてきょろきょろと部屋の中を見回すその態度は、どう見ても戸惑っている。

「ソフィ＝オルゾンと申します。本日はお越しくださってありがとうございます。ウマイ様、こちらへお座りください」

ソフィは明るく声をかけ礼をし、ウマイを席に招いた。彼はオドオドとソフィに近寄った。自分が上座に座ることに困惑している様子だ。

どうか彼に少しでも心安くなってほしいと願いながら、ソフィは優しく声をかける。

「どうぞお座りになってください。熱いお茶と冷たいお茶、どちらをお召し上がりになりますか」

初夏になっていた。お歳を召した方ならともかく、若い男性なら冷たい茶のほうを好むだろう。案の定冷たい茶を所望したウマイに、にこにこと笑いながら硝子のグラスを差し出した。冷やした茶に隠し味の生姜《しょうが》、蜜を溶かし、薄く切ったレモンを浮かべてある。

「ひんやりさっぱりして、美味しゅうございます。お茶請けは甘すぎませんよう料理人が工夫をいたしました。柑橘《かんきつ》類の皮と炒《い》った木の実を使った、焼き菓子でございます」

男性ならあまり飾りすぎると気恥ずかしいかもしれない、と、今日のテーブルはシンプルだ。菓子は薄焼きで、嚙むと口に広がる香りがさわやか。時折舌に当たる果物の皮と木の実の香ばしいつぶつぶがまた美味しい。どちらも入れすぎると口に障るので、粒の大きさや量をあれやこれやと試してこうなった。

おそるおそるといった様子で男は茶と菓子に手を伸ばした。さく、さく、という遠慮がちな音のあと、がぶりと一気に口に収め咀嚼《そしゃく》してから茶を流し込む。

ああ、と、思わずというような声が彼から漏れた。

「うまいなぁ」

「そうでしょう」

にっこりと微笑むソフィに、うっと男が黙り込み、指をわずかにうろたえるように動かした。

「その……」

「はい」

男は言い淀む。

「この菓子を持って帰ってもいいでしょうか」

焼き菓子は少しずつ種類を変え三種類。まだ皿にたんまりとある。一枚だけ食し、あとを持って帰りたいと彼は言う。あんなに美味しそうに食べていたというのに。

もしや本当は気に入らなかったのだろうかと、ソフィは眉を下げた。

「……」

「いや……ええと」

男がまたうろたえ、がしがしと帽子の上から頭をかき、うつむく。

「親に。甘いものなんて、ずっと遠ざかっているから……」

恥じ入った、消え入るような声だった。まあ、とソフィは喜びの声を上げる。

「料理人が喜びますわ！　追加で同じものを焼かせますのでこちらは召し上がっていただけますか？　うちの料理人はたくさん食べてもらえるのが大好きなのです。海の男に比べたらうちのものは食が細うございますから、かわいそうで」

貧を蔑む様子もなく、ただただ自家の料理人を褒められたのが嬉しくてしょうがないといった様子のソフィを驚いたように見つめ、男はほっと息を吐いた。

「ありがとう」

「こちらこそです」

うきうきと立ち上がり表にいたクレアにレイモンドへの言付を頼み、ソフィは椅子に戻る。

「それではウマイ様、本日は火傷の治療ということでよろしいでしょうか」

「……はい」

沈黙である。

帽子を取ろうと彼の手が上がるが、そこからぴたりと動かなくなった。

「……」

フンスとソフィは鼻から息を出した。令嬢にふさわしくないふるまいである。

そして勢いよくベールを剝ぎ、顔に何重にも巻かれた包帯を解き出した。慌てる男の前に、やがてソフィの顔が晒される。

ぼこぼこした茶色っぽい固い皮。ところどころめくり上がり、血のような赤い汁と、黄色い汁が垂れ落ちる。

ソフィを見つめ、呆然と、男は固まっていた。

「わたくしはお見せしました！　ここまでいらしたのですからあなたも、その帽子をお脱ぎくだささい！」

「……ごめんよ」

男の声に驚きや蔑みはなく、優しいいたわりだけが満ちていた。

「見せるから、君は隠していいんだ」

「隠すものなどございません」

プンと言い切ったソフィに、男は噴き出した。

「こんなに気丈なお嬢様が出てくるとは思わなかった」

微笑みながら男は帽子を取る。露わになった顔はその半分が、首の下まで浅黒い火傷の跡に覆われていた。

「まあ……」

ソフィは思わずその跡に手を伸ばす。料理で油がはねただとか、マフィンを焼いていてオーブンにジュッとしたなどという次元の話ではない。

「一五のとき、家が火事になって」

そうして男は話し出した。


ウマイは繁盛している食堂の一人息子として生まれた。

食材によって少しずつ衣を替えた揚げ物を自慢とする、町の中心からは少し離れた、池のほとりにある一軒家の食堂である。

酒落《しゃれ》たレストランなどではない。腹をいっぱいに満たしながらグビグビ酒を飲むための庶民的な大衆食堂であった。昼は安くてうまい定食も出す。

幼いときからウマイは、くるくるよく働くふくよかな母と、寡黙で頑固な父を見て育った。

六歳から近くの地域学校で字と計算を習いながら、八歳から店を手伝った。

父はウマイに細やかな指導はしない。自分の仕事をよく見、仕事を盗むように言うだけだ。酒を飲みながら大騒ぎする海の男が多い酔客を、幼いときから見て育った。

『エビのわたが抜けてねえぞ！』

父はよくウマイを叱った。ときにはげんこつも降ってきた。

地域学校では成績が良かったので、もう一つ上の学校に行きたいと両親に頼んだ。が、にべもなかった。

『料理人に学なんざいらねぇよ』

言い切った父はウマイの目の前でビリビリと上級学校の案内を破った。


地域学校を卒業した一二歳から、ウマイの修業は本格化していく。

簡単な下処理や、添え物の野菜のサラダや焼きを任されることもあった。だがメインの揚げ物はまだ父の仕事である。

『見ろ、そしてよく聞くんだ』

父の揚げる音に耳をそばだて、『今!』と言ってときたま当たったとき父と笑い合った。

そんな男二人を、母も嬉しそうに微笑んで見つめていた。

「思えばあの頃が一番楽しかったです」

顔をむき出しにしたウマイが、しみじみと言う。

「なんの屈託もなく、そこが自分の場所だと思えました。俺はここんちの子だ、だから料理を親父に習って、うまい飯を作って、盛大に食べてもらうのが俺の道なんだと思っていました」

語るウマイの横顔に、暗い影が差す。


忙しくない時間帯だけ揚げを任され始めた一五のとき、まだ夜の忙しさを迎える前に、数人の若いお客が入った。腰に痛みを感じ始めた母を手伝い、給仕も行っていたウマイの前にそれらは現れた。

『ようウマイ!』

にこやかに、鬼の首を取ったように笑うのはかつての地域学校の同級生だった。テストの点ではいつもウマイにかなわなくて、悔しそうに横目でウマイを睨みつけていた少年。

ちょっと羽振りのいい小間物屋の息子だ。たしか上級学校に進んだはずだった。

彼は数人の友人と、同級生らしい女の子数人を連れて現れた。こんな汚いところ嫌だわと眉をひそめる、どこかのいい家のお嬢さんらしき女の子もいた。

『……ご注文は』

声を落として尋ねるウマイに、何がおかしいのかゲラゲラと彼は笑う。

『高いやつを上から順に一〇持ってきてくれ店員さん。まあこんなとこの値段なんてたかが知れてるだろうけどなあ』

言い返さなかっただけ、殴らなかっただけ褒めてもらいたい。ぐっと奥歯を噛み締めて、ウマイは一礼をしてその場を去った。

上から順の、この店にしては高級な食材を揚げているとき、いきなり上からガツンと頭を張られた。父が怒りの籠もったまなざしでウマイを見ていた。

『食材に咎《とが》めぇぞ！　ふざけた仕事しやがって！』

見れば高級なエビがブクブクと油に溺れている。ハッとして油から上げるが、もっともぷりぷりさくさくに仕上がる時間はとうに過ぎていた。

『馬鹿野郎！』

頬を張られ、ウマイは床に倒れた。当たりどころが悪かったらしく、鼻血がつうっと伝っていくのがわかった。

『てめえは油の処理をしとけ。あとは全部俺がやる』

おーい母ちゃんと父がでかい声で母を呼んだ。

狭い厨房から筒抜けのそのやり取りに対する、あざけるような笑いが聞こえた。

鉄のにおいを感じ油っぽい床に転がりながら、気づけばウマイはぶるぶると震えていた。

「もう出ていこう、と思いました」

違う。ここは俺のいるところじゃない。

上の学校に進めれば、きっともっと違う生き方ができた。

一五にして揚げ油にまみれ、汚れた皿を洗い、残飯を片づけ、酔客のでかい声を聞きながら汗だくで働くような道を歩む必要などなかった。

今日のことはただのきっかけだ。目の前で上級学校の案内を破られたあのときからずっとウマイの中に溜まり続けていた不満が初めて、爆発するように溢れた。

いっそ今月の売上をあの戸棚から半分くらいいただいて逃げちまえばいい、とぼんやりと考えていた。

「……半分ですのね」

はあ、とソフィは頬を押さえてため息をついた。

「いけませんか」

不思議そうにウマイは尋ねる。

「いえ、真面目だなあと思っただけです」

家業とはいえ何年も無給で働いたのだ。もう少しもらっても罰は当たらないのではないかと考えた己の気持ちを、ソフィは言葉にしなかった。

「家を出たあとどうやって暮らそうかと延々考えていました。どこかの食堂に雇ってもらって金を貯めて、いい学校に入り直すことはできるだろうか。埃《ほこり》かぶったままの古い教科書で、そんなことができるだろうかなんて悶々《もんもん》と考えて……頭がいっぱいで、俺はしくじったんです」

「何をしくじりましたの？」

「衣の揚げかすを、そのままにしました」

大きな罪を告白するようにウマイは言った。ソフィは首をかしげた。

「いけませんの？」

「……毎日毎日、それはもう耳にタコができるくらい、親父に言われ続けていました。『揚げかすは広げて、冷ましてから捨てろ』。俺はそれをその日初めて破りました」

深い鍋にまとめて入れたまま、棚の下に置いておいたのだという。


怒りと悔しさに眠れずに、それでもふっと落ちた浅い眠りからウマイは妙なにおいをかいで目を覚ました。

ぱち、ぱち、ぱち。

いっそ可愛らしいような音とともに、真っ黒な煙が顔を覆ってウマイはむせた。

「熱いまま重ねられた揚げかすは、熱を持つから。忘れた頃に火を出すから」

ごくりとウマイの火傷痕に覆われた喉仏が動いた。

「絶対に重ねて放るな、と」

確かに俺は、毎日言われていたんですとウマイは肩を落とした。

無人の厨房から上がった炎はすでに店の南側を包んでいた。

慌てて一階に下りたウマイは、父と母の姿を探す。

「おふくろは廊下で咳をしながら腰を押さえてへたり込んでました。慌てて肩を貸して外に出て、親父はって聞いたら、厨房にソースを取りに行ったたって言うんです。継ぎ足しをして何十年も使ってる、親父自慢のソースを。こんなときにおふくろをほっといてソースを取りに行く親父の情のなさに、俺は心底がっかりしました。あんなやつ燃えてしまえばいい、そう思ったはずなのに」

ウマイはざぶんと池の水を浴び、燃え盛る家の中に戻った。

すさまじい熱気の中でたどり着いた先、父親はソースの入った大きな壺を抱きしめるようにしながら厨房の床に倒れていた。

抱き上げるために重い壺を引き剝がそうとすると。

「もう意識はないはずなのに、ガッチリ抱いて離さないんです」

強力なのりでくっつけられているようだった、という。

後ろから腕を回し、壺ごと父を引きずった。どうしてあんな力が出たのかわからなかった。

なんとか扉が見えてきたというそのとき、燃えた扉が倒れ込んできた。

じゅう
人間も肉が焼ければうまそうなにおいがするんだなと、そう思ったところでウマイの意識は途切れた。

「目が覚めたらこの通りです。幸い親父と母は無事でした」

ウマイは自分の行いを両親に伝え、床に這《は》いつくばって額を擦りつけて謝ったという。

怒鳴られることもぼこぼこにされることも覚悟していたのに、父は『そうか』と呟いただけ。母には泣きながら抱きしめられた。

　燃え尽きてしまった家の土地は売るのかと思ったが、父はそこを畑にして、そこで獲《と》れた材料を使って揚げものの屋台を始めた。ウマイは町の料理屋に下っ端として入り、すでに五年目。古い貸家の狭い部屋に三人で暮らしている。

「初めてほかの料理屋に入ってわかったんです。父が『見ろ、盗め』と言った理由。忙しい店じゃ、親切丁寧に教えてくれる先輩なんて一人もいない、ただ毎日戦場みたいな中で自分で盗んでいくしかない。幸い俺にはその力がありました。親父にぶん殴られながら仕込まれた力です。野菜や肉の下処理も、汚れを残さない皿洗いもできました」

　このままこの店で頑張って、上に行って、金を貯めて。

　そして、いつか。

　ウマイはそっと火傷の跡のある頬を撫でた。

「揚げ物担当のフライシェフが一つ格上げすることが決まり、席が空きました。後任を発表するからと全員が集められて」

　若手の中でウマイの揚げ物の腕は抜きんでていた。

　自分の名が呼ばれることを信じ、頬を染めてそのときを待つウマイの前で読み上げられたのは、一つ歳下の後輩の名前だった。


『見たかあいつのあの顔』

『自分が客に顔出す立場に行かれるとも思ってたのかよ？　少し腕がいいからって調子乗りやがってざまあねえや。真面目ぶった化物が』

休憩中ウマイのいない中で談笑する仲間……仲間と思っていた男たちの笑い声をウマイは扉の前で呆然と立ち尽くしたまま聞いた。

「フライシェフはお客様に呼ばれれば、お席でご挨拶と料理のご説明をすることがあります。俺は……」

また頬を撫でた。

「俺は、この顔だから」

ウマイの瞳に涙が盛り上がった。

この顔になったのは自分のせい。

一生自分が背負うべき業なのだと、ちゃんとわかっていたはずなのに。

「……透明な、線があるんです。そこを超えなきゃ、みんな優しい。かわいそうに、痛かっただろうと優しくしてくれます。でもうっかりそこをまたごうものなら突然別人みたいな、恐ろしい顔になる。なんで出てきた化物、こっちはお前の入る場所じゃねえと追い返される。そういうことが、何度もありました」

必死で下働きをしているのは偉い。

きれいに皿洗いをしているのは感心。

真面目に出勤し、遅くまで片づけをしているのは素晴らしい。

が。

光の当たる表の場所は決してお前の場所ではない。勘違いするな、身の程を知れ、化物。

お嬢様にはわかりませんよね、と呟いてからウマイはハッと顔を上げ、申し訳なさそうにくしゃりと顔を歪《ゆが》めた。

「次の日からも、ちゃんと仕事に行ってます。でももう、前みたいな気持ちに戻れないんです。自分には続きが、目指すべき上がないことに、気づいてしまった。働くのが、苦しくて、苦しくて仕方ない。でもそんな俺の目の前で、年取った親父がでかい荷車を押して屋台を開きに出かけるんです。前はあんなに太ってたのに、今は枯れ木みたいになった親父が、凍えるような寒い朝に出かけていくんです。俺は週に一日休みがあるから、その日だけでも手伝おうかと言ったんです。そしたら『おめえがいたらおれの飯がまずくなる。黙って家で寝てろ』」

顔も見ずに言い捨てたのだという。

「……実の親まで、それは、ねえだろうって」

つうとウマイの目から一筋涙が落ちた。

「ふさぎ込んでる俺に、母親がここの広告を持ってきてくれました。皿洗いで手間賃をもらってる食堂にあったそうで。嘘でもいい騙されたところで命までは取られないだろうからと泣きながら言われて、文を出しました。ソフィさん」

ウマイが顔を上げ、ソフィに向き直り深々と頭を下げた。

「俺は料理がしたいんです。一度は放り出して捨てようと思った道だったけど、やっぱり俺は料理が好きなんです。諦めたくない。上を目指して頑張りたいんです。親父の屋台を手伝いたいんです。どうかこの顔を治してください」

膝に手を置き、お願いしますと声を絞った。

真面目な人だわ、とソフィは思った。

子どもの頃から真面目で、人のいないところでもずるや手抜きをしない人。

人の言葉を額面通り受け取って、正面からまともに傷つく人。

そしてそれを自分の中に溜め込んで、弱音を吐くのがとても下手《へた》な人。

今日こんなにも彼が饒舌《じょうぜつ》に胸の内を明かしたのは、ソフィが他人だからこそ。今日限りの赤の他人だからこそ、胸に溜まったたくさんのものを、出すことができたのだ。

「失礼します」

ソフィはウマイの顔に手をかざす。

「範囲が広いので、何回かに分けますね。上の服を脱いでいただけますか？　扉が後ろから倒れてきたのなら、火傷は背中にも続いていますね」

「え、あっ……はい」

ソフィが若い娘であることで一度ためらい、それから腹をくくったようにウマイはシャツを脱ぎ捨てた。片方の肩と、それに続く背中の上の部分が、顔と同じように火傷痕で覆われていた。

マフィン焼いててジュ、の次元ではないそれを、ソフィはじっと見つめる。

ソースの壺を抱く父親の腹に腕を回し、後ろ向きに進んでいたからこそ、ここを焼いた。迫り来る燃えた扉をとっさに背で受け止め、ギュッと腕の中の父を抱きしめ守ったからこそ彼の両手は無事だった。

どれほど苦しんだとしても、彼が料理を捨てずに今日までこられたことが、ソフィは嬉しい。

火事の原因を正直に告白し、這いつくばって許しを乞う少年を前に、ご両親の胸の痛みはいかほどだっただろうか。

上の学校に行きたいという子どもの夢を破り捨て、鍛えたい、育てたいという一心のみで、遊び盛りの子に休みも遊びも与えずに育ててしまったこと。その体と顔、心に、一生残る傷跡を残してしまったことを、苦しみ思い悩む子の傍で、親たちは何度、どれほど深く悔いたことだろう。何度、自分なんか助けなければと。代わってやれたら、と思ったことだろう。

治す。

ウマイと、ウマイの両親のために。

絶対に治すと、ソフィはその火傷痕をじっと見つめる。

『いたいのいたいのとんでいけ』

ウマイの苦しみも、ウマイの両親の後悔も。

『とおくのおやまにとんでいけ』

すべてきれいに、何一つ残さず消えてなくなりますように。

あたたかなものが腹から腕を伝い、手のひらに流れる。光が満ちる。

「……」

合わせ鏡にした手鏡を覗き込んだウマイが声を失っている。

顔半分でもわかっていたが、火傷痕をなくすと彼はすっきりとした目元の、清潔感溢れる男前だった。

「まだ少し、耳たぶのあたりに痕がありますから、あと一回だけよろしいですか?」

「えっ」

耳元に手をかざそうとしたソフィの手首を、ウマイがぎゅっとつかんだ。

「あっ、すいません」

思わずつかんだらしく、ウマイは顔を上げ驚いたようにその手を離した。ついでに自分が上半身裸であることを思い出した様子で、椅子の背にかけてあったシャツを、慌てて身に纏う。

「失礼しました。こんなにきれいに消してもらって、びっくりして。ただ……」

そっと、耳たぶに残った小さな火傷痕を、そのざらりとした触感を確かめるように撫でる。

「……残しておきたいんです。もう二度と、あんな馬鹿なことをしないように」

父のいいつけを破って馬鹿なことをしたあの日の記憶を。

一言も責めずに許し、抱きしめてくれた母の腕のあたたかさを。

化物と呼ばれ苦しんだ日々、自分は何を感じ何を思ったか。これさえなければ何を成したいと願ったか。

「忘れたくないんです。残したまま、頑張りたいんです」

「そう」

ソフィは微笑んだ。

やっぱりとっても、真面目な人だわ、と。

「ウマイさん」

「はい」

一歩ソフィは身を引く。

「わたくしとあなたの間に『透明な線』は見えますか？」

ソフィはウマイを見つめる。

火傷痕を消した、もはや普通の男と、相変わらずに異様な容姿の娘が向かい合う。

「……ありません。むしろ」

俺ばっかり。

お嬢さんの力なのに、俺ばっかり、とウマイは声を詰まらせた。

いいのです、とソフィは首を振る。

「火傷が治っても、透明な線はこれからも周りにあり続けるかと思います。だってそれはウマイさんにだけではなく、皆がそれぞれが引いたり、引かれたりするものだから」

女だから。年寄りだから。学がないから、容姿が異常だから。

そこで引き返し夢を捨てるか、さまざまな痛みを覚悟のうえそれを踏み越えて進むか。いろいろな線の前で人々は悩み、それぞれが闘っている。

かつてのウマイにはそれが顔のことに多すぎて、ほかのものに気づかなかっただけだ。

そっと、何かが違えば今そこにあったかもしれない線をまたいで男に一歩歩み寄り、ソフィは彼を見る。

「頑張ってくださいウマイさん。わたくしいつか、あなたのお料理を食べたいわ」

できれば池のほとりに再建された、親子で切り盛りする大衆食堂で、とソフィは微笑んだ。

ハッと目を見開き、ソフィの言葉を噛み締めるようにしてからウマイは呟いた。

「……親父が土地を売らなかったのは……」

「わかりません。ただ、お父様にとってあなたに継げるものはその土地と、料理の技と、ソースの壺だけでございましょう。もう二度とあんなことがないように、週一回の休みは体を休めることに使ってほしいと言いたいのに、それすらもうまく言えないようなお父様があなたにそう言えるとは思いませんので、想像でしかございませんが」

「……」

「お二人とも、無口すぎるのです。もうあなたも大人なのだから、お父様とお酒でも飲みながら、腹を割ってお話しすべきですわ」

「……ありがとう」

じっと二人は見つめ合った。

『ウマイ』っていい名前だわ」

ふっとウマイが笑う。

「親父が適当につけたんだ。よくからかわれたんだよ、バカみたいな名前だから」

「いいえ、きっと」

ソフィは微笑んだ。

「ご自身が言われて一番に嬉しい、大好きな言葉を、お父様は息子の名にしたのだわ」

自分が持つ唯一の宝物を与えるように、父は息子に、その名をつけたのだ。

おのれの技と味を継いでいく、この世でたった一人の跡取りに。料理しかしてこなかった無骨で無口な男が、世界一美しいと感じる言葉を。

ウマイは一つ涙を落とした。慌てて拭う。

「本日はありがとうございましたウマイさん」

「こちらこそ、本当にありがとう。ソフィさん」

「あ、わたくし料理人に菓子ができたか聞いてまいりますわ。お待ちくださいませ」

開けた扉の前に。

「お父様!?」

コップを耳に当てた盗み聞きポーズの父ユーハンが立っていた。

「……完全に一線を越えていますわ」

『これは父がギリギリ譲れる最後の線だ』

かっこいい決め顔でえらそうに言っていたはずのオルゾン家当主は、溜まっているはずの仕事をほっぽり出し、ずっとこんなところで阿呆のように突っ立っていたのか。

娘から過去最高に冷たい顔で見つめられていることにも頓着せずユーハンが動く。

「ウマイ君とやら！　ちょっと前の『えっ』『あっすいません』のところは何があったんだね⁉」

ダァン！　と足を踏み出し勢いよくウマイに迫るユーハンをソフィは必死で止める。

「おやめくださいお父様お客様に失礼ですわ！　本当に申し訳ございませんウマイ様。マーサ！　クレア！　誰か！」

「最後のほうのちょっとした沈黙も何かね⁉　あと最後のほうちょっとタメ口じゃあなかったかね？　ん⁉　言ってみなさい！」

「誰か！　誰か来て！」

どこの父親もどこかが馬鹿なのだと心でため息をつきながらソフィは必死にウマイに詫び、マーサたちを呼ぶのであった。

男爵令嬢アラシル

アラシル＝ノルビ（一八歳、女）
治したいもの　ニキビ
古めかしい便箋に四角く固くきっちりと書き込まれた手紙は、領内の男爵家からのものであった。

りん、りん、りん
夏の果物も出始めて、今日はレイモンドがフルーツたっぷりのタルトを焼いてくれた。いろいろな果物がカラフルに生地の上でつやつやと光り、わたしから食べて、いいえ私からよときゃあきゃあ言っている。

大きめの花弁を持つ黄色とオレンジの花。若い女性向きに華やかに飾られたテーブルに満足しながら、ソフィはお客様を迎えた。

「初めまして、ソフィ＝オルゾンと申します」

「……アラシル＝ノルビと申します」

湿ったようにじっとりと返ってきた声に顔を上げる。

思いつめたようなじいっとした視線がソフィを頭から爪先まで舐めるように上下し、ソフィの顔を穴が開くほど見つめ、最後にふっ、と唇を歪めて彼女は暗く笑った。

いつものようにソフィの顔を包帯でグルグル巻きにしようとするマーサを、今日ソフィは止めた。隠しても仕方のないこと、かえって隠さないことで相手が話しやすくなることもある。

得体の知れない『化物嬢』のサロンに来てまで治したいと思うような皮膚がある人にとってソフィの奇病はむしろ、『自分はここまではひどくない』という安心感を与えられるものになるかもしれない。

何より隠したい皮膚をさらけ出し、過去を語らなければならないお客様に、もうソフィは自分の皮膚を隠したくなかった。

さすがに丸出しでは逆に失礼だろうとベールだけはつけているものの、風が吹けば、覗き込めば、ソフィの様子は相手に容易に知れるだろう。

そのソフィの顔をためらいもなく覗き込み、じっと見て笑ったのだ。彼女は。

ほっそりとした顔を真っ白に塗りつくし、頬にピンク色を信じられないほど同じ場所にまん丸にのせ、荒れた唇に桜色だったのだろう白みの浮き上がった紅を塗りたくっている。瞼《まぶた》は何を思ってそれをのせたのか、キャベツのような黄緑色だ。

櫛《くし》も通していないような紫がかった黒の髪は伸び放題に伸び、しめ縄のような一本の三つ編みになって死んだ大蛇のごとくぐんねりと背中に垂れている。

白い粉を厚く塗っても隠し切れないニキビ跡の凹凸と、赤くなっている吹き出物、角栓の飛び出たところから出る汁が痛々しい。ソフィはこらえきれず叫んだ。

「マーサ、湯を持ちなさい！　クレア、お母様からオリーブの油とシャボン、ポトマの化粧水を一式借りてきてちょうだい！」

「「はっ」」

二人が駆け出しほぼ同時に戻ってきた。

呆然と立ち尽くしているアラシルを、ソフィはキッと睨みつける。

「そのおてもやんのような毒を洗い流します。話はそれからですわ」

じりじりと三人に迫られ部屋の隅に追い詰められ、アラシルはキャーと悲鳴を上げた。

「そうそう、手のひらの中で丸を描くようにふわふわに泡立てるのです」

「こ……こう？」

「もっとふわふわに！　うんときめ細やかに！」

「はい！」

「あ～もっと！　く～るくる～！」

「く……く～るくる～」

オリーブの油で顔のさまざまな色を落とし、ずいぶんさっぱりとした顔になったアラシルがシャボンを泡立てている。

「そうそう、お上手ですわ。そうしましたらそれをお顔にふんわりと……っあー！　ゴシゴシこすってはなりません！　ふんわりと包み込むようにするのです！」

「だってこすらなきゃきれいにならないじゃない！」

「強くこすったら逆効果です！　普段どんな洗顔をされているのです！」

「えっ水でゴシゴシと」

「信っじられませんわ！」

キャーキャーワイワイと二人してアラシルの顔を洗う。

やがて泡を湯で流し終え、さっぱりした顔をアラシルはやわらかな布で拭った。

「ふう」

「休んでいる暇はございませんアラシル様！　洗い終えたら直ちに化粧水をつけるのです！　一秒でも早く！　ああゴシゴシしてはなりません顔全体に広げて手のひらの熱で浸透させるのです！」

「どうつけたって一緒でしょう！」

「一緒なわけございません！　皮膚は基本、こすらない！　毎日優しく『手当』するのです」

「『手当』……」

ソフィの言葉におとなしくなったアラシルが、手のひらのとろみのある化粧水を顔につけ、優しく包むように手を当てた。

貴族の少女とは思えないほどの、荒々しい荒れた手であった。

「……いいにおい」

目を閉じ素直に言ったアラシルに、ソフィは微笑む。

「オルゾン家で卸している商品です。販売価格の七掛けでお譲りするわ」

「お金取るのね！」

キャーキャーワイワイ
仕上げのオイルを塗り終え、ようやく二人はソファに腰を下ろした。

「さっぱりしたわ」

「それはそうでしょう」

顔の原形もわからないほどに塗りつくしてあった分厚い化粧を落とせば、アラシルは歳よりも若干大人びた、上品な顔立ちの少女であった。

今まさにできたてのニキビと、きっと過去につぶしてしまったのだろうニキビの跡が、青白いほどの白い肌に、凹凸とまだらな色を作っている。

「いつもあのようなお化粧をされているのですか？」

「いいえ、普段はお化粧をしないの。したこともなく……仕方もわからず。知り合いの真似をしたつもりだったのだけど加減がわからなくて。……誰もお化粧の仕方を教えてくれなかったから」

じっと手の中のお茶を見つめた。

そうして彼女は話し出した。


アラシルは貧乏男爵家の一人娘に生まれた。

名ばかりの貴族で屋敷は狭く、古く、そして家にとにかく金がない。

母が元気な頃はそれなりにほかの貴族との交流もあり、母の実家を介してのちょっとした贅沢品の商売も行っていて華やかなところがないでもなかったが、母が病に伏してからはただただ貴族の看板を保つために財産を食いつぶし痩せ細るだけの、町人にも劣る生活となってしまった。

お給料が低いのでろくな召使いが入ってこない。昔からいる者でも、優秀な者から離れていく。

床に就き人の手がなければ食事も排泄《はいせつ》もままならない母の腰に大きな床ずれができたのを見たアラシルは、母の世話を自ら買って出た。

「そのとき私はまだ一三歳でした。一三歳の子どもが抱きかかえられるほどに、母は軽くなっていたの」

学校もあったがとりあえず婿になる相手も決まっているし、上級学校まで行っておけばよいだろう、と一五で卒業してからは家事手伝いと称し家のことを一手に引き受けた。もうその頃には召使いを雇う余裕すら家にはなかったからだ。

掃除、洗濯、炊事に介護。昼も夜も休む間もなくこなしながら、慌ただしく毎日を過ごしていた。

「身なりにかまう余裕も、そもそもどのようにかまったらいいのかもわからなかったの。とにかく母の世話をするのに精いっぱいで……」

アラシル一七歳のある日。

いつも通りに母を起こしに行ったアラシルは、母がその命の炎を燃やし尽くしたことに気がついた。

呆然としながら。

「……思ってしまったの。……ああ、ようやく終わった、と」

ぽたりと雫《しずく》が落ち、アラシルの持つティーカップの表面が揺れた。

そっとソフィはアラシルの震える背中をさすった。一〇代の貴族の女の子とは思えないほど、痩せた背中だった。

うん、うん、とソフィは頷く。

思ってしまったことだろう。当たり前だ。

人のお世話は大変なのだ。

常時自分以外の人の都合に合わせて生活しなくてはならないのは辛いのだ。

若い娘さんが青春を捨て、華やかなものすべてを捨て、四年間も身を削って介護した。貴族の娘が、手をこれほどに荒らすほど一生懸命に。

母の死をただ悲しいと悼めなくなるほど、彼女は苦労したのだ。

しゅんと鼻を鳴らしてソフィはハンカチで目を拭った。

「ご愁傷様です。お母様もアラシル様も本当に、よく頑張りました」

「ありがとう。……母の亡くなった翌月父がこう言ったわ。『アラシル、お前の新しいお母さんと妹だよ』と」

「展開が早いわ！」

父が連れてきたのは実に美しい親子だった。

宝石商の未亡人だという『母親』は子を産んだ女とは思えないほどに艶めき、ふっくらとした赤い唇を常に微笑みの形に上げて父の心を鷲づかみにしていた。

『妹』は春の光のような少女だった。白い肌に潤んだような大きな水色の目、けぶるような淡い金のふわふわした髪の毛を持っていた。

『仲良くしてね』

そう言って微笑む『母』の目にあざけりが浮かんでいることにアラシルは気づいていた。

ぼうぼうの髪の毛、筋張ったガリガリの体。ボロボロの肌と手をした、貴族の教養すら身に付けていない『姉』を見て、妖精のような『妹』が唇を歪めて笑うことに気づいていた。

「母の部屋のものはすべて運び出され、妹の部屋に。夫婦の寝室には新しい贅沢なベッドが運び込まれました。……母の部屋は、私が結婚したあとは私たち夫婦の寝室になるはずだったのに」

君のお母様の喪が明けたら、結婚しよう。

そう言い交わしていた婚約者ビヨルンの言葉だけを頼りに結婚準備をすること数月。

「ある日妹が言ったわ。『お姉様、私ビヨルン様の子どもを妊娠したの』と」

「こんちきしょう！」

バッスンとソフィはクッションを殴りつけた。

――ごめんなさいお姉さま、ごめんなさい、と、細い肩を震わせ白魚のような指を顔に当て妹は可憐に泣いた。

妹の肩を守るように抱いた婚約者は悲劇に酔ったように言った。

君の妹と知りながら愛してしまった。悪いのは僕なんだ。どうか彼女を責めないでくれ、僕は彼女と結婚する！　と。

「父はビヨルンと妹を叱りもせずに私にお見合いの釣り書きを三枚持ってきたわ。お見合い用の肖像画でもそれとわかるほどのデブと、ハゲと、二回り歳上の田舎貴族の後妻の三枚を」

ぽろぽろとアラシルの頬を涙が伝った。

「あの二人の持参金で、うちはずっと裕福になったわ。お母様が寝ついていた頃の陰気な雰囲気は消えて、召使いも増えて、華やかでキラキラしたものが溢れるようになった。うちで暗いのは、汚いのは、——いらないのはもう、私だけなの」

屋敷にいれば腹を撫でる妹の姿と幸せそうな元婚約者が視界に入る。

気が立ち、言葉と態度が荒れるのが自分でもわかっていた。

妹を見る目に険が出、それを見る元婚約者の目が嫌悪に歪むのにも気づいていた。

イライラと顔を引っかくせいでニキビがつぶれ、手入れをしないせいで日増しに醜くなっている自分にも気づいていた。

「このままでいいわけがない、と思いながら、何もできなくて。そんなときにあなたの広告を見つけて……私は」

ぐっと唇を噛み締め、暗い瞳をした。

「もちろん治せるのなら治してほしかったけれど、本当はそれだけじゃないの。ここならばきっと私より醜くて、陰気で、かわいそうな子がいると思って、それを見に来たの。友達もいないうじうじした醜い子が、話し相手を探しているのだろうと思って。ああこの世には私より下がいる。私はこの子よりはましだわと思って、帰りたくて来たの。少しでもよく見せようと思ってお化粧までして。……なのにあなたはお金持ちで、明るくて、召使いも親切でなんだか楽しそうで……私はなんだか、よけい惨めになったわ」

「あら顔はこの通りですわ」

「でもなんだかすごく楽しそうじゃない！」

あらどうもと答えてソフィはアラシルを見た。せっかくの上品な顔立ちが、ぐにゃりと歪んでいる。はあはあと息を上げ、血走った目は吊《つ》り上がり、乱れた髪が頬に張りついている。ぐっとその眉が寄った。

「同情しないで！　そんなふうに見ないでよ！　そうよ私は暗くて、陰湿で、顔も心もとても醜いの！　みんなに嫌われる、あてつけがましくてうざったい怒りんぼなのよ！」

「違うわ」

ソフィはきっぱりと言った。

「え……」

「違うわ。あなたは怒ってない。ただ悲しいだけ」

「……」

「悲しくて、悲しくて、どうしたらいいかわからないだけよ。当然だわ、四年間も」

ソフィはアラシルの手を取った。赤く、ささくれ擦り切れ、指の間に血が滲んでいる。

「こんなになるほど、たくさんいろいろなことを我慢して頑張ったのに。誰にも認められなかったことが悲しいだけ。お母さまを失ったこと、お父様、婚約者に裏切られたことが悲しいだけ。でも悪いけど言わせていただくわ。あなたの家族、全員阿呆よ。阿呆たちに認めてもらう必要なんかないわ」

よしよし、とソフィがアラシルのごわごわの頭を撫でる。

「よく頑張ったわアラシルさん。あなたの優しい手に看護されて看取られて、きっとお母様はお幸せだったわ。毎日重たかったでしょう。眠たかったでしょう。くさかったり、汚かったりしたでしょう。それでも誰にも泣き言を言わなかったのでしょう？　あなたは本当に偉かったわ」

「うっ……」

うわーんと声を上げてアラシルは泣いた。

私、頑張ったの。

苦しくて、辛かったの。

でも誰も、誰もわかってくれなかったの。

ホッとなんかしてごめんなさい、おかあさん

荒れた手で顔を覆ってアラシルは泣いた。

こらえていたのだろう。

家の中では泣けなかったのだろう。

身を振り絞るようにして、泣いた。

『いたいのいたいのとんでいけ』

ソフィは手にしゅわしゅわする泡を持つようなつもりでアラシルの肌にかざした。

頑張り屋さんのこの子が、どうかもっと大切に、優しくされる場所へ行けますようにと祈りながら。

『とおくのおやまにとんでいけ』

詠唱を終えて光が去ったその場所には、青白いほどに澄んだツルツルの顔が現れた。

鏡を覗き込んで一瞬パッと明るくなったアラシルの表情が、やがてじわじわと、暗く沈んでいくのをソフィは見た。

「どうなさったの?」

「ええ、うん、……やっぱり地味な顔だな、と思ったの」

「そうかしら?」

じっとソフィはアラシルを見つめた。

確かに、顔のパーツはそれぞれ大きくはない。だが形の揃ったそれぞれがちょうどいい塩梅《あんばい》に配置されていて、スッと鼻筋の通ったお雛《ひな》様のような顔立ちだ。

「もっと優しい……女の子らしい顔なら、よかったのに」

ため息とともにアラシルが言った。ああそうか、とソフィは気づいた。アラシルは妹の、春の妖精のような可愛らしい雰囲気こそを美だと思っているのだろう。

「アラシルさん、先ほどの化粧水、何からできているとお思い?」

「いいにおいがしたから、花か何かかしら」

「ううん、苔《こけ》なの」

「やだ私顔にコケを塗ったの!?」

やだやだ、ともうすっかりツルツルになった頬をアラシルが押さえた。

「ポトマという苔からとれる水に、花の雫を足した化粧水なの。ポトマは日の当たるところに生えなくて、森の中の湿気のあるところの岩などに生えるのよ。水分をたっぷり蓄える性質があって、ポトマが生えていると周辺の木がよく育つの」

「……日陰にしか育たないなんて、ずいぶん陰気な苔ね」

　ふん、と言いながら悲しげに眉を下げた。

「きっと苔なんかじゃなく、花になりたかったでしょうに」

「雨が降らない時期、動物たちはポトマのあるところに集まるの。そしてぺろんぺろんとポトマを舐めて、水分と塩を得るの。動物たちは知っているのよ。困ったとき、ポトマが自分を助けてくれる存在であることを」

「困ったときだけ頼るなんて、都合がいいこと」

　ふんとまた鼻を鳴らした。

「でもね、ポトマは賢いの。ポトマは動物に踏まれるとぽふんと胞子を出しくっついて、動物に自らの種を運んでもらうの。自身は動けないからこそ動物を呼び寄せ運び手にして、別の住みよい場所に根を下ろし、運ばれた新しい地でまた木と動物を助けるの。彼らは奪うばかりでも与えるばかりでもなく、互いに持ちつ持たれつで繁栄しているの」

「……」

　じいっと膝を抱くアラシルに茶とタルトを勧めた。

「アラシルさん、あなたはおうちを出たほうがいいわ。あなたの家族はきっとあなたを幸せにしないと思うの」

「でも、ハゲかデブか二回り上の三択なのよ」

　じっとりとアラシルがソフィを見上げた。入ってきた頃の勢いはどこへやら。ずいぶん子どもっぽい顔をするようになった。

「あら殿方なんていずれ皆ハゲかデブか年寄りになるじゃないの。どうせ皆最終的には転んだだけで骨が折れる、夕飯を食べたのかすら忘れる生き物になるわ」

「先を見すぎだわ！」

アラシルが目をむいた。クスクスと笑いながらソフィはタルトを口に運ぶ。

美味しいからアラシルさんも召し上がってとアラシルに再び勧める。

「ビヨルン様がまだお好きなの？」

「……わからないの」

口の中のものを飲み込んで、ぽつんとアラシルが答えた。

「……そもそもビヨルンが好きだったのか、よくわからないの。お前の婚約者だよと差し出されて、はいそうですかと受け取って。気がついたらいつの間にか妹に盗《と》られていて」

「貴族なの？」

「ええ、男爵家の三男」

「お顔は？　背の高さは？」

「普通よ。背は私より低いんじゃないかしら」

アラシルは背が高い。スッと伸びた足の形が、とても美しい。

「そう……嫌なことを言っていいかしら」

「今まで散々言ってたじゃないの。どうぞ」

「今回のこと、おそらくあなた様の『お母様』にとっては計算外だわ」

「え？」

「お金持ちの未亡人がなぜ貧乏貴族と再婚したのかしら」

「父を好きだったからじゃないの？」

ふふんとソフィは嫌な感じで笑った。長年昼の人生相談番組をせんべいかじりながら見続けたオカンのゲスさが光る。

「いいえおそらく娘に箔《はく》をつけるため。娘と貴族との結婚を狙ったのよ。なのにそんなどこの馬の骨ともわからない貴族の三男の子どもを突然あっさりと妊娠するなんて。今頃キイとハンカチを噛み締めておいでだと思うわ」

「まさか……」

キランキランとソフィがゲスに光る。

「ついでに言えば妹さんだって、貴族になって姉の婚約者を寝取ったという達成感に脳内麻薬が出ているお花畑期間が過ぎたら目を覚ますわ。あら、なんかよく見たら大した男じゃないじゃないのと」

「さっきから馬の骨やら大した男じゃないやら人の元婚約者に向かってずいぶんな……ビヨルンはそこまでじゃ……――あら、でも待ってよく考えてみるわね」

じっとアラシルが頭の中の映像を巻き戻すように目を泳がせた。

一度止めて戻したか、眉間にしわを寄せて今度は目を瞑《つむ》る。

やがてパッと頬を薔薇《ばら》色に染め目を開けた。

「大した男じゃない馬の骨だわ！」

「ほらね！」

「なんだかかっこいいような気がしていたけど背は低いし、声は高いし、髪は天然パーマだしときどき鼻毛が出ているし！」

「そうよそれなのに身の丈もわきまえず婚約者の妹に誘われてまんまと手を出すど阿呆よ！　かんだあとの鼻紙以下のドクズだわ！」

「おっしゃる通りだわ！」

キャアキャアと二人してフォークを放り出し手を組んだ。

「それより下の男なんて探したってなかなかいないわ。まだご家族がお花畑で見合い話が持ち込まれる今のうちに、ハゲかデブか二回り上の三択で選びなさいませアラシルさん、選べるだけましよ。生きている人間ならオッケーよ！」

「わかったわソフィさん、私頑張る！」

「その意気よアラシルさん、あ、そうだわ」

りんりん、とソフィがベルを鳴らした。お呼びですかとクレアが扉から顔を出す。

「何度もごめんなさい。わたくしの化粧箱を持ってきてちょうだい」


鏡の前でアラシルが固まっている。

「……これ、私？」

「ええ、美しいでしょう」

にっこりとソフィが微笑んだ。

鏡の中にはすっかり化粧を終えたアラシルが映っている。

目尻に赤みのあるブラウン、頬にホットオレンジ、唇にワインレッドの紅。

上品に、ほんの少しずつ丁寧にのせられたそれぞれの色は、青みがかったアラシルの白い顔を、クールに、かつ女らしくさせている。

「あなたには薄いピンクのようなふんわりした色は馴染《なじ》まないの。きりっとした深みのある大人の色こそ、あなたを引き立てるのよ。悪いけどこれはわたくしの私物だからお売りできないわ。街の化粧品屋さんに行って、正直に、何もわからない、必要なものを教えてほしいとおっしゃいなさい。相手はプロなんだからきっと親切丁寧に、似合う色や塗り方、流行の化粧を教えてくれるわ」

「……ありがとう。……ソフィさんもお化粧をするの？」

　いいえ、とソフィは首を振った。

「わたくしは何を塗っても茶色だし変な汁で流れてしまうもの、意味がないわ。父が『若い女の子に大人気』という触れ込みに躍らされて、お土産に買ってきたのよ」

　使えなくて残念だったけど、役に立ってよかったわと付け足した。

「でもとてもお上手だわ」

「前にちょっと人にお化粧をする機会があったのよ」

　ほほほとソフィは笑った。

『前』が遠い前世で、老人介護施設でお婆さん相手だったことを、アラシルは知る由もない。手つかずの化粧の粉が、アラシルのために削られたことにアラシルは眉を下げる。

「ごめんね」

「いいのよ」

　気にせずソフィはアラシルのごわごわの長い髪をほどく。

「これは『伸ばした』のじゃなく『伸びちゃった』のでしょう？　一度ばっさり切っておしまいなさい。毎日お風呂上りによく乾かして、とかして、香油を擦り込めばきっとさらさらの美しい髪になるわ。あなたお小遣いはがっつり貯め込むタイプでしょう？」

「……使うところがなかったのよ」

「今こそ使うときよ。服もこの際新しく仕立てるか仕立てあがっているものを売っているお店に行くべきよ。あなたの好みも大事だけど、ここでもプロの意見に従ったほうがいいわ。何も知らないというのなら知っている人に習うしかないの。素直に聞いて、やってみて、それでもどうしても合わないというのならそこで初めて自分で工夫なさればいいのよ。最初はまず、わかっている人に習うことよ」

「はい」

素直にアラシルが頷いた。

よろしいわとソフィが微笑んだ。

ごわごわの髪に、ソフィはそっと櫛を通す。

「ねぇ、アラシルさん」

「なぁに」

「確かに花のような女性は殿方に好かれるけれども、人生の春の時期は思う以上に短いわ。結婚したあとの秋の時期、冬の時期をともに過ごすべきは、日陰をじっと耐えながら、人を支えられる芯の強さがある女性だと、気がついている賢い男性は必ずいるわ」

結婚は始まりなのだ。他人同士が初めて共同で生活をする。夢ではなく生活を、現実を生きる。

恋人同士のように甘い空気を継続できるソフィの父母のような関係のほうが稀だろう。

「四年。最も浮かれて楽しんでいい娘の花の時代を、文句も言わずに母親の介護に費やした我慢強い娘さんを、愛したい、共に在りたいという賢い男性が三人の中にいることを願うわ。あなたの苦労、悲しみを、どうか怒りに変えないで。自分を貶《おとし》める場所にい続けないで。皆にちやほやされる

必要なんかない。ただ一人あなたを、心から大切に思ってくれる男性の隣で、どうかあなたらしくい続けてほしいの」

大事に、大事にソフィは優しく髪をすく。

鏡の中のアラシルが、眉を歪め唇を嚙み締めている。

「どうしたのアラシルさん、お顔が変だわ」

「貴方は失礼だわ。それにお顔が変なのは貴方だわ。泣くとお化粧が取れちゃうから我慢しているのよ」

「失礼だけど賢明だわ。ああそうだ、お手も治したほうがいいかしら」

「いいえ」

アラシルが首を振った。ぎゅっと手を握る。

「すべてをお話ししたうえで、私とこの手を好いてくれる人を、私は探すの」

「大正解だと思うわ」

プルプルと震え、うわーんと結局アラシルは泣いた。


半年後、アラシルから文が届いた。

あのあとアラシルは三名と見合いをし、結果、二回り歳上の貴族に嫁いだという。

四〇を過ぎて見境もなく一〇代の令嬢たちに見合いを申し込むなど、なんたる田舎者。愚か者、エロ爺《じじい》と裏で少女たちから散々罵倒されていた貴族の男性は、会ってみればとても落ち着いた、筋骨隆々のダンディな男性だった。

若い頃に奥様と子どもを出産で同時に亡くし、それ以来ずっと独り身を通していたところ家督を譲る予定だった甥《おい》を事故で失い、家の継続のためどうしても子をもうける必要が生まれたのだという。彼の治める北の領地は冬はすっぽりと雪に覆われ、寒さも厳しく、娯楽など狩りくらいで若い女性にとっては何もないに等しい。

恥を忍んで令嬢方に絨毯《じゅうたん》爆撃的に見合いを申し込んだものの、きっと難しいだろうと考えていたところに一八歳のぴちぴち初婚のアラシルが応じたことに、一同とても驚き喜び、諸手《もろて》を挙げてあたたかく迎えてくれた。

夫となった彼は見合いの席で、アラシルが語る今までのことのすべてを静かに聞いたという。

アラシルの荒れた手。ないに等しい嫁入り道具。子どもの小遣いほどの持参金、貴族としての教養のなさ。すべてを、彼は穏やかに聞き、受け入れた。

雪にすっぽりと覆われた屋敷の中で、礼儀作法を、ダンスを、言葉遣いを教え、暖炉の傍らで厚い本をおだやかに読み上げてくれるという。

燻製《くんせい》のお肉がとても美味しいので、いずれ名物として売り出そうと考えている、とのことである。

『わたくしはこの地で日々新たなることを学び、報われる苦労があるという大きな喜びを噛み締めております』

かたくなさのとれた流れるような文章が、美しい筆跡で文を彩る。

『わたくしは、夏にしか日の光が当たらぬこの地で、日々領地の人々の幸せのために励む夫を支える、滋養に満ちたやわらかな苔にならんと欲します。

あの日のソフィ様は、突然投げ込まれた暗闇の深さに絶望し
目も眩《くら》むほどの怒りに我を忘れて憤っていたわたくしの心に差し込んだ
あたたかな、一条の光でございました。
あの日、わたくしのことを、あきらめないでくれてありがとう。
わたくしはこの地で貴方を想い、貴方の幸せを心から願っております。

親愛なる友に感謝を込めて。アラシル＝ノースマン

追伸　髪がきれいになったのよ。機会があれば遊びに来てね』

そっと優しく文を畳み、ソフィは胸に抱きしめ微笑んだ。

同窓リリー

その客は文もなく訪れた。

「またソフィ様にお客様です。その……学園で同級だった、リリー＝ブラント様と名乗っておられます」

隅々まで読みつくしているはずの分厚い歴史書を開いていたソフィに、クレアが遠慮がちに声をかけた。

「……お会いするわ。サロンに通してちょうだい」

「はい」

ソフィの声と表情に、大丈夫ですか、とクレアの目が言っていた。

大丈夫よ、とソフィは安心させるように微笑む。

リリー。

学園で最もソフィに優しく、最もソフィの心を傷つけた、美しい少女の名前。


『化物が来たわよ』

クスクスと笑いながら、ちゃんとソフィの耳に聞こえる程度に抑えられた声がソフィを迎える。

まだおかんの記憶が蘇る前の心のやわらかな一二歳の少女だったソフィは、震えながら自分の席に座った。

まだ魔術の才が見いだされる前で今ほど顔はぼこぼこしていなかったが、ツルツルピカピカの少年少女の中でソフィのざらざらとした顔は充分に異質だった。

『――っ！』

鞄から出した教科書類を机に押し込もうとしたソフィの前に、異様な生き物が飛び出した。全身いぼいぼの、大きなカエル。

『……』

わざわざどこかから連れてこられたのだろう。カエルは鳴く力もないほどに弱っていた。

つぶさなかったことだけが幸いだった。飛び出したあと逃げる力もない様子のカエルを丸めた紙で覆い、ソフィは窓の外へと逃がす。

『ふてぶてしいこと。悲鳴も上げませんわ』

『あんなものを紙越しにも触るだなんて』

『だって同類だもの。怖くもないのでしょう』

どうしてあんなちょうどよい声が出せるのだろうとソフィは不思議だった。

華やかな女子数人のグループはこの場所で自分たちが一番偉いのだと言わんばかりに大きな声ではしゃぎ合い、相手に聞こえるぎりぎりの高さの声で嫌味を言い、気に入らないことがあれば大きな音を立てて牽制する。

貴族学校ではないが、この学園の入学金や授業料は高い。名ばかりの貴族よりもずっと金のある家の子女が集まる私立の学園である。

学ぶために来ているはずの学び舎《や》で、彼女たちは日々貴族のように社交に興じていた。

もちろん、ソフィのような異質のものを排除する学びだけは絶対に忘れなかった。

父や母に言えば、なんとかなるかもしれなかった。この大きな港を有する領における、商社の力は大きい。彼女たちのグループの中には、オルゾン家から商品を卸される立場の店や取引のある家のものもいた。

でも、あの頃のソフィはそれをわかっていなかった。

彼女たちもおそらくわかっていなかった。

父や母に事実を言えばきっと悲しむだろうと思い、ソフィは学園の話を家に持ち込まなかった。たくさん本があって楽しいわと笑い、辛いことの痕跡は、見つかる前に消そうと一人で頑張っていた。家の皆にはバレバレだったというのに。


『ソフィさん』

放課後、体育の授業から帰ったら机に書かれていた『化物』『消えろ』の字を、涙をこらえながら必死でこすっていたソフィに、優しい声がかかった。

『新しい布巾を濡らしてきたわ。綺麗なハンカチがもったいないわ』

後ろを気にしながら数本の布巾を出したリリーは大人しい女の子だった。

あの華やかなグループのリーダー格の女子の横に、なぜこの子がと思うほど優しげな、淡い栗《くり》色の髪を顎まで伸ばして内巻きにした大人しい色白の少女。

身も声も細く、ソフィを嘲笑《あざわら》う皆の中で唇を引き結び眉を下げ、いたわるようにソフィを見つめる女の子だった。

『……いけないわ』

彼女だって事情があってあのグループにいるのだろう。拭くのを手伝おうとする彼女にソフィは手を立て首を振って、その好意を拒んだ。自分に優しくしたことが彼女たちに知られれば、リリーの立場も危うい。

『……』

ソフィを見つめる淡い色の瞳から、ぽたぽたと涙が落ちた。

『……いつも、何もできなくて、ごめんなさい』

夕日の差し込む教室の中に落ちる彼女の涙を、ソフィは綺麗だと思った。

『いいの。ありがとう』

嘲笑う人々の中に、いたわるような優しい目が一人分あるだけでどれほど救われるか、ソフィは彼女に教わったのだ。

学園とソフィを結んでくれる細い優しい糸。それがソフィにとってのリリーだった。


りりりん、とクレアのベルが戸惑ったように鳴る。

「どうぞ」

開いた扉から、ローブを羽織った少女が入ってくる。

「リリー、さん?」

少女は礼をした。顔は見えないが、ローブのフードから覗く薄い栗色の髪は記憶の中の彼女と同じものだ。

「突然の訪問をお受けいただき、ありがとうございますソフィさん。学園で同級だった、リリー＝

ブラントでございます」

細いが芯のある優しい声も彼女のものだ。

「ご無沙汰しております。ソフィ＝オルゾンです」

どうして彼女は顔を見せないのだろう。不思議に思いながらも問い詰めることはせず、ソフィは彼女に椅子を勧めた。

「お茶請けもなくて申し訳ありませんリリーさん」

「いいえ、こちらこそ突然の訪問、重ね重ね誠に申し訳ございません」

沈黙が落ちた。

やがてリリーの細い指がそっと動き、ぱさりと自らのローブのフードを落とした。

額と頬が焼けただれた、もとは色白の顔が露わになる。ソフィは息を呑んだ。

「……どうなさいましたの」

「家が、火事になりました」

リリーの家は、確か港に来る各国の船乗りの男たちに向けて開かれた宿屋だったはずだ。大した家でもないのにこんな立派な学園に入って、肩身が狭いのと笑っていた。

幸いにも焼けたのは離れの倉庫だけで、お客様に被害がなくて何よりだったと彼女は薄く微笑むが、失火は大罪である。

「おうちの方は？」

「家の者もわたくし以外皆無事でしたわ。兄がわたくしを炎の中から助けてくれました」

「どうして火が出たの？」

「……火元のない倉庫からでしたので、おそらく放火だろうと」

ない。

「そう……」

よかった、と言ってはいけないが、失火でなく放火ならば火をつけられた側のリリーの家に咎はない。

「犯人は捕まりまして?」

リリーは首を振った。

「同様の事件がいくつか起きているので、おそらく同一の犯人だろうと、警備団が追っていますわ。でも、今更犯人が捕まったところで」

リリーはそっと自分の顔を撫でた。

大人しいせいで目立ちにくいが、リリーは一二歳という年齢にしては大人びた、美しい少女だった。咲き誇る薔薇ではない。スズランの花のような、控えめで、慎ましい美。あのまま成長し、化粧を覚えれば、年頃にはハッと周りの目を引くだろうことを予感させる少女だった。

その美は、壊されてしまった。顔も知らない人間の手から放たれた炎によって。

「なぜあなただけが離れにいらっしゃったの?」

「……結婚の準備のために、持参するものをより分けていたのです。いつでも取りに来られる距離なのだからそんなに悩む必要はないと家族には笑われましたが、どうしてもしっかり区切りをつけるために、一つ一つ、自分で考えて決めたくて」

「まあ……」

それはきっと、とても幸せな時間だったことだろう。

これから始まる生活に期待と不安を胸に抱きながら、あなたは連れていきましょう、あなたは残ってねと、小さな頃から身の回りにあった品々を思い出を一つ一つ噛み締めながらより分ける、妻になる準備をする少女。それを焼いたのだ。おぞましい炎が容赦なく。

「しばらく寝ついておりましたが、ようやく枕を上げまして、こうやって外にも出られるようになりました。初めは自殺でもするのではないかと心配して家族が誰や彼やくっついてまいりましたけど、うちは従業員もそれほど多くありませんので、ずっと張りついていられるほど暇でもなく。最近はようやく一人で自由に歩けるようになりましたの」

「そう……」

ソフィは考えた。

彼女は今日、サロンの客として訪れたのだろうかと。

ソフィのサロンを知り、ソフィに肌を治してほしいと頼みに来たのだろうか。

ムラ、と、言い知れぬ炎のような感情が胸に湧いた。

それは間違いなく、――怒りだった。


朝起きると息がしにくかった。

家を出ようとすると足が止まりそうになった。

『学園に行きたくない』

その言葉を何度言おうとして飲み込んだだろう。

学園でソフィが何を言われ、どう扱われているか。知れば両親は必ず悲しむ。

家族を悲しませたくなかった。人にそうされる自分を、両親に知られるのが恥ずかしかった。

『どうして普通に産んでくれなかったの』と、答えなど出ようもないとわかっていながら問い詰めてしまいそうな自分が怖かった。

『おはよう』

今朝も挨拶を飲み込んだ。そう言い合える友人は教室の中のどこにもいない。

何も書かれていない机にほうっと息を吐いて、針が敷かれていないことを確認してから椅子に座り、机の中にカエルがいないかを確認してから教本を詰める。

教室のあちこちで上がる楽しそうな声や笑い声は、何一つソフィのものではない。

それが自分を嘲《あざけ》るものではないことを祈り、ただ息をつめて授業が始まるのを待つ。

ときどき、ちら、とリリーを見る。

ときどき、目が合う。周りを気にするようにしてから、わずかに目元だけで笑ってくれる。おしゃべりをしたり、笑い合ったりしたわけではない。でもソフィはリリーを、唯一の友人だと思っていた。

だから今日もここに、『行きたくない』という言葉をギリギリ飲み込んで座っていられる。

『リリーちゃん』

『ソフィちゃん』

いつかそう呼び合って彼女と本の話などをする日を夢想してやり過ごした。


ソフィが通学した最後の日、その日は先日行われたテストの順位が張り出された。

学年の第一位に載っている『ソフィ＝オルゾン』の名前に、胸が高鳴った。

早く帰って、マーサやお母様に伝えようと頬を染め駆け足で門を出ようとしたソフィの頭に衝撃が走った。

パラパラと落ちるのは……土だ。

クスクスと笑い声が聞こえる。

反対側からも同じものが投げられ当たった。ソフィは慌てて鞄で顔を隠す。

『守るほどの顔でもないでしょうに』

どっと笑う人々の声が聞こえた。

四方八方から泥団子がソフィを襲った。

目を閉じ、必死で衝撃に耐えた。人を貶めるために、なぜここまでするのかわからない。

嫌いなら近づかなければ良いではないか。無視していれば良いではないか。どうしてわざわざ構うのだろう、攻撃するのだろう。ソフィがいったい、何をしたというのだろう。

がちん、と今までの団子にはなかった衝撃がソフィの額を襲った。

当たった場所に手をやれば、血が出ていた。

地面に落ちた泥団子からは、割れたそこから石が覗いていた。

『あ……』

声のした、その泥団子が飛んできた先をソフィは呆然と見た。

手のひらを泥で汚し、真っ青な顔で目を見開くリリーが、そこに立ちつくしていた。

ぷつん
細い糸の切れる音を、そのときソフィは確かに聞いた。


しばし放心していたソフィは、椅子に座っていたはずのリリーが這いつくばり、床に額を擦りつけていることに気づいてハッとした。慌てて立ち上がり、その肩に手を伸ばそうとする。

「リリーさん!?」

「許してと、言える立場でないことは充分に承知しております。わたくしはあなたを深く傷つけたうえ、何年も、一言の謝罪すらせず、本日までのうのうと生きて参りました」

「……」

さまざまな感情が、ソフィの中で渦を巻く。

目の前の細い背中を踏みにじってやりたいような怒りがある。

あなたには。

あなただけは。

あなたとだけは。

声を上げて泣き出したい、一二歳だったソフィがまだ胸の中にいる。

ソフィは震える唇を強く嚙み締める。

あなたには気持ちをわかってもらえていると思っていた。

あなただけは、私を傷つけないと思っていた。

優しくて思いやりに溢れたリリー。あなたとだけはいつか、友達になれると、そう、信じていた。

「……どうして、石を投げたの」

ペタンとソフィは床に座り込んだ。ビクンとリリーの肩が上がり、涙に濡れた顔でソフィを見上げる。

「……言い訳でしか、ないけれど」

「わたくしはあなたの言い訳が聞きたいの」

くしゃ、とリリーの顔が幼子のように歪む。

「……石が入っていることを、知らなくて。泥団子を渡されて、投げないなら仲間にするぞ、早くやれ、早くやれと言われて……わたくし……」

早くそれを投げろ、やらないんならお前もあいつの仲間だ。仲間なら早くあっちに行けよ。

言われてリリーは、それをソフィに投げることを選んだ。

「おのれの、身を守ることを選んだのです。わたくしはあなたを傷つけ、学園での自分の立場を守ることを選びました。言い訳のしようもございません」

もう一度彼女は額を床に擦りつけた。

「間もなくわたくし、修道院に入るつもりです。ようやく俗世のしがらみから解き放たれることとなり、第一にあなたに謝りに行こうと……何度もお伺いしたのだけれど最後の最後でいつも勇気が出せず、ようやく、ようやく今日ベルを鳴らしました。お時間を作ってくれてありがとう」

床に置かれた彼女の白い指に力が籠もり、ぎゅっとカーペットを握りしめる。

「わたし……あのとき、あなたに、石をぶつけて」

ひっくとまた肩が揺れた。

「ごめんねぇ……」

「ッ――……」

踏んでやりたい、と思った震える細い肩を、ソフィは抱きしめた。

驚いたリリーが顔を上げ、零れるソフィの涙を認め、震えながらまた泣いた。

えーん、えーんと二人で子どものように泣いた。お互いに何も言えなかった、一二歳のあの日に帰って泣いた。

リリーも苦しかった。

ずっと思い悩んで、ソフィを思い出して、思い続けて、忘れずに今日ここに来てくれた。

裏切られたという悲しい気持ちはまだある。きっと消えることはないだろう。

でも、今日リリーはここに来てくれた。心の底から謝罪してくれた。

辛く、悲しかった一二歳のソフィに、ソフィは伝えたい。

あの子と、やっと友達になれそうよ、と。


「まったく、良い家の良い歳のお嬢様方が二人して子どものように」

厳《いか》めしい顔で、マーサが二人の前にホットミルクの入ったカップを置く。まだ鼻と目を赤くしてスンスン言っている二人は、揃ってカップに手を伸ばした。

しゃんと座るのも億劫《おっくう》になったので、二人してソファに横並びに座っている。頭とおなかのあたりに手際よく置かれたふかふかの布を無意味に撫でる。

ブツブツ言っているマーサだが、なんだか機嫌がよさそうである。そのマーサが出ていったところで、リリーが言った。

「ごめんなさい。長居をしてしまっておうちの方にもご迷惑だわ」

「いいの。あと、聞きたいことがあるのだけど」

「はい？」

「ご結婚はどうなったの？」

「……」

そっとリリーがカップを置いた。

ぽつり、ぽつりと彼女は語った。

婚約者の男性は、すぐ近くでリリーの家と同じような規模の宿屋を営む家の一人息子。

海の男たち向けに団体用の広い部屋を比較的安い値段で貸すリリーの家とは違い、婚約者の宿は商品を卸しに来た商人や観光客を受け入れる、もう少し高級な部類の宿屋である。

経営方針の異なる双方の父親同士は当初水と油の仲だったが、一度いい歳をして殴り合いの喧嘩をしてからすっかり打ち解けた。今では酒を酌み交わしながら港の宿屋をまとめる仲間として、日々ああでもないこうでもないと港の未来を語り合う良好な関係が続いているという。

「トマル……婚約者とは幼馴染なの。二つ歳上で、小さい頃からよくお互いの家への行き来があったから、家族同士も自然と仲良くなって。父はよくトマルのことを『男気が足りない』なんて言うけれど、そんなことないわ。真面目で、誠実で、周りに気を使って、よく考えてから優しい言葉でものを言う人なの」

リリーは頬を染めた。彼女は婚約者を、好きなのだ。

真面目で誠実な一人息子と、同じ家業を営む家の大人しくしっかり者の娘さんの婚約は、双方になんのしこりも残すことなく自然に結ばれた。

リリーの家は兄が継ぐ。リリーはトマルの家に嫁ぎ、ゆくゆくは女将《おかみ》として夫を支える。彼女の人柄や働きぶりを知る婚約者の家族も、リリーならばと諸手を挙げて賛成したことだろう。

スープの冷めない距離で、客層の異なる二つの宿は、お互いの客を奪い合うことなく手を取ってこの港を栄えさせていく。その予定だった。

「……学園には上流の行儀作法を身に付けるために背伸びをして入ったのだけど、同じクラスのセーブル様のおうちは毛皮の商社で、トマルの宿のお得意さまだったの」

セーブル。ぞわっと背中に寒気が走った。

それはソフィを最も激しくいじめた、あのグループのリーダー格。リリーの横にいた少女の名前だった。

なぜリリーがあのグループにいるのだろう、と不思議に思っていたことを思い出す。

リリーは逆らえなかったのだ。嫁ぎ先の宿に客を斡旋《あっせん》してくれるお得意様の娘に。

愛する人と、未来の家族のために。

「火事のあとこの火傷を見ても、結婚の予定は変えない、とトマルは言ったわ」

えっとソフィは思わず声に出した。てっきり相手方の意向で結婚が白紙に戻ったのだろうと勝手に思っていたのだ。

「修道院に入る、というのもまだ私の勝手な一存なの。家族にはこれから伝えるつもり」

「どうして?」

好きな人に望まれているのに、なぜわざわざそれを捨てるようなことをしなければならないのか。

問おうとしたソフィに悲しげに微笑んで、リリーはそっと自分の頬を撫でる。

「トマルのお父様も、トマルも、今の宿をこれからもっと品のある、格式高い宿にしたいとお考えなの。料理や従業員の質を上げて、少しずつ、内装や備品も良いものにして、いつしか、それこそ他国の王族が泊まってもご満足いただけるような、そういうお宿にしたいとあれこれ、できるところから工夫しているの」

叶うのは何代先のことでもいい、夢だけは捨てたくない。と、必死に努力する父の顔を見てトマルは育った。そういう父の顔を見ているトマルを見ながら、リリーは育った。

「トマルは家業を手伝いながら別の学園で、何か国語も勉強をしたの。他国の文化や、習慣や、マナーを学んだの。お父様の夢を自分の代で叶えたいと、必死に頑張ったの」

つう、とリリーの頬を涙が伝った。

「女将は宿の顔、象徴なのよ。いらっしゃったお方をご不快にさせる顔の女が座っていていい場所ではないわ」

トマルに夢を捨てさせたくない。

それでもほかの誰かのお嫁さんにはなりたくない。

ほかの誰かと添うトマルを近くで見ていたくない。

優しい家族と、優しい婚約者とその家族たちから遠ざかるには、これしかないのとリリーは泣いた。

「全部自分の気持ちばかり。わがままよね」

「ええ。わがままで欲張りだわ」

ふふっとリリーが笑った。

「本当に、今日お話しできてよかった。きっと穏やかに行けるわ」

借り物の布を手際よく畳み始めたリリーの細い腕を、ぱし、とソフィがつかんだ。

「え？」

「行かせなくてよ」

にやりとソフィが笑った。

「あなたにはもっと欲張っていただくわ」

鏡の前のリリーが絶句している。

鏡を震える指で撫で、そっと自分の頬を撫で、ぽろぽろと涙をこぼした。

「あぁ……」

すっかり元通りになった白いすべすべの頬を、涙は滑り落ちていく。

ソフィを振り返り、またぎゅっと眉を下げて震えながら涙を落とす。

「……どうして……ソフィさん、わたくしは、あなたに」

ひどいことを……と言いかけるリリーの口をソフィはぱこ、と手のひらでふさぐ。びっくりして目を見開いたリリーに、ソフィはにっこりと微笑んだ。

夕日の当たる教室に落ちたオレンジ色の綺麗な涙を、ソフィは忘れない。

「あなたがあの日わたくしのために濡れた布巾を持ってきて、わたくしのために涙を流してくれたから」

「……そんなこと……」

「わたくしを忘れず今日訪れ、心から、謝ってくれたから」

「そんなこと」

「そしていずれあなたの宿に泊まってほしい、異国の友人たちがいるから。王族も貴族もいるわ。生半可なもてなしの宿では許さなくてよ」

鋭く言ったソフィの言葉に、ハッとしたようにリリーは固まり、涙を拭った。

少女の甘えをふるい落とし、キリ、とした大人の女性の顔になる。

ぽんとソフィはリリーの肩を叩いた。

「頑張ってね、若女将さん」

「はい」

必ず、と淡い色の目に決意を宿して頷いた。

あの日の夕焼けに似たオレンジの光の中を、リリーが歩いていく。

その細い肩は凛と張り、宿の未来の看板を背負って遠ざかっていった。

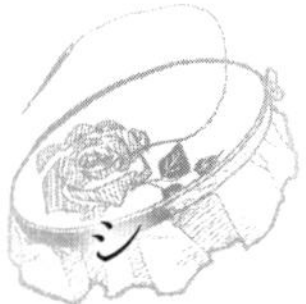

シェルロッタ＝オルゾン

「そういうことがあったの」

「そう」

夜。

湯上がりの娘と、シェルロッタは並んで針を動かしている。

どこに嫁に行くにしても刺繍《ししゅう》の腕は大事なので、シェルロッタ自らソフィに指導をしているのだ。

アニー、イボンヌ、ウマイ、アラシル、リリー。

お母様は口外などしないから、としっかり釘《くぎ》を刺してから娘はそれらを語った。

それぞれの物語が鮮やかに、シェルロッタの目の前を通り過ぎ消えていった。

それぞれの、喜びと悲しみが胸を満たしていった。

「わたくし、サロンを開くことができて、本当によかったわ」

お母様のおかげだわと微笑む娘の顔は大人びて、少し疲れているようにも見えた。

「そうね。でも少しは間を開けたほうが良いのではなくて？　人の語りを聞くのは疲れることだわ。ましてあなたは魔術を使っているのだから」

針を置き、そっとその頬に手を寄せる。娘の肌は、『窓から落ちた事故』のときよりは良くなっているものの、相変わらずに痛ましい。

「……腕を縛って寝ているそうね」

『マーサは辛うございます』と涙するメイド長を思い出す。

「寝ている間にかいてしまうから」

娘は照れたように微笑み、そっと身を引いた。


さまざまな場所に飛ぶ社員たちはソフィのサロンの宣伝をすることに加え、その土地土地にある『肌にいいと言われている薬』を自発的に持ち帰るようになった。

飲み薬はさすがに怖いのでやめるように言ったが、塗り薬ならば『多少のものなら治せるから』と、ほんの少しずつ腕の内側などにのせて様子を見ているのだという。

まだはっきりとした効果が出るものはないのだそうだが、このペースで世界中から集められれば、一つくらい娘に合うものが出てくるかもしれない。

一つくらい、あっていいと思う。

あってほしい。

それぐらいあっていいではないか。

人の肌が治る様子を、どのような気持ちでこの子は見ているのだろう。自分が一番欲しくて持っていないものを、人に、自分の力で与えるのだ。サロンを開き続ける限り、娘はわざわざ『化物』と名乗りながら人を集め、顔を他人に晒し、蘇ったきれいな肌に喜ぶ人の顔を目の前で見続けなければいけない。

それを思うたび、シェルロッタの胸は激しく締めつけられる。

痛くてかゆくて泣く娘。学園で泥と石を投げつけられて頭から血を流し、絶望に塗りつぶされた真っ暗な瞳で帰ってきた娘。初恋の人との婚約を聞いて、喜びよりも悲しみに震え、自らをこの世から消そうとした娘。

どうしてこの子だけが、ずっとこんな目にあわなくてはならない。

この子からどれほどのものを奪えば気が済むのだと、シェルロッタは神に向かって吼《ほ》えたくなるときがある。

なぜ健康な肌に、幸せな人生に産んでやらなかったのかと己の腹を破裂するまで殴りたくなるときがある。

だが。

また針を持ち、シェルロッタは静かに手を動かす。こうしたほうが美しいわと優しく娘に教える。

わたくしはシェルロッタ＝オルゾン。

ユーハン家当主の妻であり、愛する一人娘が尊敬するただ一人の母親。

わたくしは今日も華やかで、穏やかな人間のふりをして、娘のサロンを応援する。

娘がそれを望む限り、娘の邪魔をするすべてのものから娘を守る。

いつかこの手の代わりに娘を守ってくれる人ができるそのときまで、わたくしは微笑みを絶やさずに、娘の傍らにあり続けよう。

癒師クルト＝オズホーン

その客は文もなく、無遠慮に訪れた。

「ここを通りたくばわたくしを殺してからお進みください」

扉の先から聞こえたマーサの物騒な声に、お客様に頭を下げてからソフィは席を立った。

「どうしたの、マーサ」

「お嬢様」

厳しい顔をしたマーサが振り返る。その先には背の高い、二〇代の中頃と思われる紺色の制服姿の男が立っていた。

黒髪を実用的に短く整え形の良い額をさっぱりと出し、それぞれきちんと整った目、鼻、口が何かの手本をなぞるように正確に配置された、やたらと真面目そうな顔立ちである。

その男はソフィを認め、一歩歩みを進める。

「あなたがこの『サロン』の主ですか?」

「はい。ソフィ＝オルゾンと申します」

男の手にはくちゃくちゃになったのを伸ばされたらしいソフィのサロンの広告が握られている。

「国王陛下直属第五癒師団《ゆしだん》所属、三級癒師のクルト＝オズホーンです。この『サロン』なる場所で不正な行為が行われていないか確認させていただきたい」

マントについた身分証と思われる金属のプレートを掲げ形式的に名乗り、男は扉に手をかけようとした。

「お待ちください！」

ソフィが身を挟み後ろ手で扉を押さえる。

「何か見られて困ることでも？」

顔が近い。

黒曜石のような瞳は、ソフィの顔を間近に見ているにもかかわらずわずかな動揺もない。

「ただいまは診療中で、サロンにはご衣装を身に着けていない女性がおられます。独身の女性が殿方にむき出しの肌を見られて、お嫁に行けなくなったらどう責任を取ってくださいますの、クルト＝オズホーン様」

なるべくやわらかくソフィは言った。

国王陛下直属癒師団の癒師。天上のお役人様である。しかも一〇級から一級までの階級のある癒師においてこの若さで三級ということは、相当なエリート。怒らせて得になることは何もない。

わずかに男は動揺した。

「……なるほど」

「ソフィさん、あたしゃ夕飯の準備があるんで、これで失礼していいかね」

ガチャッと内から扉が開き、老婆が顔を出した。扉の前にいた男を認め、彼女は嬉しそうに笑う。

「まあ、いい男だねえ。あたしがあと五〇歳若けりゃ口説くのに」

ひゃっひゃっひゃと笑いながら、じゃあね、ありがとねと手を振って去っていくのは本日のお客様だ。たちのよくない風邪にかかり半年ほど寝ついたが先日見事完全復活。寝ついた際にできてしまった床ずれがいつまでも癒えず、かゆくてなんとも切ないので治してほしいと訪れた。

「……独身の女性？」

「未亡人ですので」

　さっとサロンの中を確認し、ソフィは男に向き直った。

「どうぞオズホーン様。マーサ、新しいお茶をお願い。ええ、扉は開けておいて」


「……なるほど」

　以前王家から返ってきた『お祈りメール』の紙を長い指で広げ男はじっと見つめた。

「それとこちらはサロン開設の際に王家にお出しした上申書の控えです。こちらに関しては特にご返信をいただきませんでしたので、応ということと受け止めさせていただきました」

『しわが治せるか』の回答とは別便で王家にも一応、サロンを開設する旨上申済だった。

　王家に魔術師として正式に認められず遇されない、ほんのちょっぴりの魔力しかない人間は普通に街にいる。ちょっとした炎の力で火をつける料理人や、ほんのちょっとの風で切った髪を払う散髪屋。人を傷つけるためではない魔力使用は、けして不正でも不法でもない。

「理解しました。先日こちらと同じような手法で人を集め、壺などを高額で売る悪質な『サロン』が摘発されたため、同様のものではないかと考え確認させていただきました」

「お役目ご苦労様でございます」

　ソフィはしとやかに礼をする。

　男はじっとソフィを見ている。

「ところで」

「はい」

「『化物』はどこにいるのですか」

キョロキョロと不思議そうに男が辺りを見回す。

「あなた様の目の前でございますが」

「？」

男はきょとんとしている。からかっているのだわ、とソフィは思った。

ずいとソフィは身を乗り出した。きっと身を引くだろうと思ったからだ。

「わたくしが化物嬢ソフィでございます」

「皮膚が炎症を起こしているだけのただのお嬢さんに見えますが」

少しも身を引かず大真面目な顔で間近にソフィの顔を見つめたままぴくりともせずに男は返した。近い。

身を引くのも何か負けたような気がし、そのままの体勢で二人は相対する。メンチを切り合う不良同士のような図である。

「そもそもなぜ広告を撒《ま》いてまで皮膚のみを癒す必要があるのです。命にかかわることではないでしょう」

くそ真面目な顔で言われた。イラっとする。

「人によっては命にかかわるのです。尊厳にかかわるのです。人と違うというだけで人扱いすらされなくなる人間が、生きることすら難しくなる人間が、この世にはおるのです」

ソフィは間近い男のつるんつるんの肌を見た。文句なく整った顔立ちを見た。

この人は生まれてから外見で困ったことなど一度もないに違いない。エリートで、若くてこのお

顔であればさぞおモテになることだろう。

なんだろう。ムカムカする。イライラする。なんだかとってもこのつるんつるんの頬を引っぱたきたい。

「ソフィ嬢、こんなに近づいてはあなたの婚約者に怒られます」

「お気遣いいただきありがとうございますおかげさまで先日破談になりましたわ」

思わず一息で言った。嫌味か。

やわらかく対応しなくてはと思うのに、ソフィの態度はどんどんつんつん硬くなる。

ふうと息を吐き、最後にもう一度つるんつるんを睨みつけ、ソフィは身を引いた。

「ええ、わたくしもあなた様の奥様に怒られてしまいますので、やめにいたしましょう」

「私は独身です。おそらく一生」

「ご謙遜を」

よりどりみどりで決まっておられないだけでしょうと言いかけ、さすがに飲み込んだ。

「いえ、私は男も女もただの肉と骨を皮が包んだものにしか思えないのです。私にとって人はただの治す対象ですので」

「……」

「ついでに言えば皆が言う美醜とやらもわからない。同じ機能のものが少しずつ場所と形を変えて並んでいるだけなのに、いったい何が優れていて何が劣っているというのか、皆目わかりません」

「……オズホーン様、失礼ですが『変人』とお呼ばれになることは？」

「出会って三日以内には皆」

「ああ……」

おいたわしい、とソフィは思った。神はこの方にずば抜けた能力を与えたもうたぶん、人間としての何かとても大切なものを与え忘れておゆきになったのだろう。

マーサが運んでくれた茶を男の前に置く。質素なスコーンも並んだ。ソフィは男に椅子を勧める。

「王家直属の癒師団のお方がどうしてこの街に?」

「一年限りの期限付きで派遣されました。ここは船の出入りもあり規模の大きい癒院《ゆいん》がありますから、『現場を見て人を学んでこい』と言われました」

「なるほど」

三級に上がるほどの腕なのだから、きっと彼はよく人を治すのだろう。だが、そこから上に上がるにはきっと何か、なんとも言えないところがちょっとずれているのだ。多分。

周りの人も苦労しているのだろうなあとソフィはなんとなく察した。

「ところで」

「はい」

ちらと男が幕で仕切った箇所に目をやった。

「本棚を拝見してもよろしいでしょうか」

「どうぞ」

「失礼」

部屋の奥にある大きな本棚の前に男は立った。今までここを訪れた誰も興味を示さなかった場所なので、ソフィはとても嬉しくなる。

「『回体芯書』の下巻?」

男が驚きの声を上げた。

「お目が高くていらっしゃいますわ」

うふふとソフィは頬を染めた。海の向こうの医療先進国で発行された、医療にまつわる最新の本である。貯め込んだ小遣いを社員に託し、買ってきてもらったばかりだ。まだ六回しか読んでいない。

この世界の医療の水準は、記憶にある『日本』のそれには及ばない。だが薬草や、魔術との混合治療によりあの世界にはなかった手段で病や傷を治す技がある。

じっとソフィは男を見つめた。

本好きが、読みたい本を見つけてしまったときの、その胸の高鳴り。

今すぐにでもページをめくりたいという、砂漠で水を求めるがごときの渇望。

ブルブル体が震えるその感覚を、ソフィは身に染みてよく知っている！

だからつい言ってしまった。

つい、だ。

「……お貸しいたしましょうか？」

「よいのですか？」

パアッと男の顔が明るくなった。あら、そんな顔もできるのねとソフィは思った。

「ではついでにこれもつけましょう」

迷わずにソフィの指が一冊の本の背表紙を抜き出し、男の持つ本の上にそっと重ねる。医学書と違う安っぽい一般的な紙質の本だ。

「これは？」

ソフィは顔を上げた。

「ヒュッテン・シャー＝ロック著の、『トロール街道ヒザクルネ』。下々の生活を面白おかしく、こっけいに描いた、男芸人の旅の話ですわ」

クスリとソフィは笑う。

「少し頭のお固めな方にぴったりの教科書かと」

ふっとわずかに男も笑った。

「お気遣い感謝しますソフィ嬢。必ず返しに来るとお約束したいのですが、できかねますので保険にこれを置いていきます」

男がマントに留めていた銀細工のブローチをソフィに握らせる。宝石などはついていないが、細工の細かい、いかにも高そうなブローチだ。

「よろしいのに」

「いえ、返しに来たくとも命を落とせばできませんので、お持ちください」

「……癒師の任務とはそんなにも危険を伴うのですか？」

「街にいる分には問題ないでしょう。ですが緊急の召集で戦地やダンジョンの討伐の補佐に入ることもあります。冒険者ほどではありませんが、命の危険は常にあるのですよ」

「そう……」

目を伏せ、手の中のブローチを見つめた。

「ではお預かりします。でも大切な本なので、きっと返しにいらしてください」

「努力します」

顔を上げると、男はじっとソフィを見ていた。この人は人をやたらとまっすぐ見る。

「きっとですよ。ブローチは読めませんもの」

「努力します。本日は突然失礼いたしました」

男が去っていく。

手の付けられていない茶とスコーン。手の中のブローチを、ソフィは立ち尽くしたまま見つめていた。

野菜屋ヤオラ

夏になった。

届く手紙は増えたものの。

「世の中にはこんなにもしわを取りたい方が多いのね」

思わず呟いてしまうほどに、『若返り』を望む女性からの手紙が多く、断りの返信は大変だった。

「新しい広告には『残念ながら過ぎ去った時は戻せません』と大きく書いておくしかないな」

出かける前にひょいとソフィのサロンに顔を出した父が、国が傾く類いの女の執念が籠もる手紙の束を持ち上げて言う。母が聞いたらまた怒りのブリザードが吹き荒れそうなセリフに、慌ててソフィはあたりを見回した。

「次の来客はいつなんだい？」

「明日よ。なんと八〇歳のご婦人なの」

「へえ」

質素な便箋にしたためられた、丁寧な手紙だった。

『古い顔の傷跡を消してほしくお願いいたします。ヤオラ（野菜屋・八〇歳）』

「なんとまあ。女性は何歳になっても美しくなりたいものなのかな」

「ええ、きっとそうなのだと思います」

出かけていく父の背中を見送った。

ふっ、と吹いた風の中に、かすかに独特の香りが混じった。

ああ、もうそんな時期なのだわとソフィは微笑む。

ここには、日本の『お盆』に近しい風習がある。

亡くなった先祖を迎えるため、門のわきに簡易的なかまどのような形に石を組み、中で独特の香りが出る木を焼く。おうちはここですよ、と彼らに教えるために心を込めて。

火事が出ないよう、また消えてしまわないように家の者の誰か一人が必ず横に立ち、燃え尽きるまで見張る。

これを任されたら立派な大人と言われており、まさに『任されたぞ！』という気合の入ったぴかぴかの顔で一つの灰も見逃さぬよう、いざというときのための水の入ったバケツと木の棒を握りしめて立つ小さな子どもたちが、そこかしこの家の前にいるのが微笑ましい。

オルゾン家にはまだ迎えるべき先祖がいないため、その風習はない。父は天涯孤独で、母とは駆け落ち同然の結婚だったそうで、ソフィは祖父母の顔を知らない。

なんだか聞いたら悪いような気がして深く聞けなかったが、今度母に聞いてみよう、と思った。

どうして今までそれをしなかったのか。いやそれだけソフィに、気にする余裕ができたということか。良いことだわ、と伸びをして振り返ったソフィの前に、それはちんまりと座っていた。

一瞬ソフィは、それを犬だと思った。

行儀のいい犬が、大人しく椅子に座っている。

否、犬にしては大きい。

よく見ればそれは、いやよく見なくてもそれは、人間のお婆さんだった。

「お初にお目にかかります」

ゆったりとしたビブラートの利いた声で言い、器用にお婆さんは椅子に正座したまま頭を下げた。

「お手紙を書きました、ヤオラにございます。どうぞよろしくお願いいたします」

「えっ」

明日迎えるはずの来客の名にソフィは慌てた。自分が日時を間違えたのか、いや何度も何度も確認したはず。

小刻みに震える老女の様子を見て、ソフィはおや、と思った。

とろん、としたような瞳。目が合っているようで合っていない、不思議な感覚。まり子の頃日常的に相手をしていた、老人たちの様子と一緒だった。

この方はおそらく少し、少しだけ頭の機能を失っておられるのだ。

それこそつきっきりの介護が必要なほどとは思えない。髪もきれいに整えられている。服はおそらくおろしたてであろう、白い花の刺繍がある水色のワンピースだ。ほんの少しの物忘れ、ほんの少しの勘違いがある程度であろう。歳を取れば当然のことである。

それにしても誰が迎え入れたのだろう。広告の住所を頼りに、よくもここまで一人で来られたものだ。新しい茶やお菓子を頼みに行きたいが、マーサやクレアが屋敷のどこにいるのかわからない。席を外してこの客人を一人にするのも心配である。

まして『予約は明日だから出直せ』など、言えるはずもない。転んだだけで息を引き取ってしまうのではと心配になるほどのご老人だ。

どうせ予定もないのだから、とソフィは腹をくくった。

「お初にお目にかかります。ソフィ＝オルゾンと申します。お待たせして申し訳ございませんヤオラ様、どうぞよろしくお願いいたします」

まだ手をつけていない焼き菓子と、自分用に入れていた茶を新しいカップに注ぐ。

「お話を伺ってもよろしいでしょうか」

鋭い爪で額から口の下まで斜めに引き裂かれたような三本の傷跡がある老女の顔を、優しく見つめた。


――その年の夏は暑かった。

普段なら刈られているはずの雑草が天高く茂り、整えられているはずの畑は手が入らないままぼうぼうと荒れていた。

村中の男という男が、村にいなかったからだ。

「皆、兵隊に取られてしまったの。その年私は一三歳でした」

おっとりと語るヤオラの言葉を聞きながら、ソフィは頭の中の歴史書をめくる。

六七年前の戦争。

農業に携わる庶民を根こそぎ徴集するような大戦。人々の記憶から消えかけた、戦争の歴史に大きな爪跡を残した、かの残虐な。

「第三次パルミアの大戦でございますか」

「ああ……そんな名前だったかもしれませんねえ」

とにかく暑かったのですよ。とヤオラは続けた。

村には老人と、女子どももしかいなかった。畑に手の回らない家では食べるものにも困って、子どもたちはイモを探そうと、よくそこらの土をほじくっていた。

ヤオラの家も父と兄が徴兵されてしまったが、体の動く若い母とヤオラの二人で、なんとか家の畑を整えていた。幸い村の中では大きな畑で、普段の父の手入れがよかったのか、野菜たちは二人をねぎらうように盛大に実をつけてくれた。いくつか盗まれることもあったが、母は犯人捜しをしなかった。

一番楽しみにしていたトマトが真っ赤になる前になくなったと泣くヤオラを、母は抱きしめた。

『困ったときは助け合いなさい。持っているときは持っていない人に分けてあげなさい。持っていることを見せびらかすのはやめなさい。生きていけるだけのものがあれば、それだけでいいのよ』

ヤオラは納得できなかった。

「犯人を見つけようと思って、夕方畑に張っておりました」

ざるを被って、伏せて茂みに隠れていた。

綺麗な赤い靴が目に入り、土だらけの顔を上げるとそこには。

「天使がおりました」

夕焼けの赤に浮かぶ、綺麗なウェーブのかかった金色の髪。

抜けるような白い肌、宝石のような澄んだ青色の瞳。

ざるをかぶって地面に這いつくばっているヤオラを、現れたその息を呑むほどに美しいものは、汚れた野良犬を見るような軽蔑しきった瞳で見下ろしていた。

「母の遠い親戚で、都会から疎開してきたのです。同じ一三歳とは思えないほど大人っぽくて、洗練されていて、綺麗で」

アンジェリーナ＝ベルガメリ。

「名前まで綺麗で」

キラキラとした光に包まれているようだった、と、ヤオラは遠くを見るような目で言った。

『こんなの人間が住む場所ではないわ』

母が畑に出たあと、お金持ちの家のお嬢様だというアンジェリーナは、床に大きな鞄を下ろすのすら嫌だと言わんばかりに綺麗な眉を歪めた。

『あなたのその服、何？　どうしてここの人たちはみな雑巾を着ているの？』

ひどい言葉を放ち続けるアンジェリーナのピカピカの唇を、ヤオラはポーっとして見つめた。

こんなに綺麗な人を見たことがない。

こんな綺麗な声を聞いたことがない。

そんな様子のヤオラに、はあ、とため息をついて

『頭まで鈍いのね。かわいそうな人たち』

やれやれ、と首を振った。揺れる髪がキラキラするのを目で追っていた。

「口ではそんなことを言っておりましたけど、アンジェはアンジェで、つらい立場だったのですよ」

小さい家は部屋が二つしかない。

ヤオラの横にベッドを置いて休むアンジェリーナは、夜になると泣いていた。

聞いてはいけないような気がして耳をふさいでいた。どうして泣くのかは聞かなかった。

畑仕事はしたがらなかったので無理にはさせまいと、日陰で休んでもらっていた。

日陰で日傘を差し、本を読んでいる姿も綺麗だった。

『キャア！』

叫び声に、何が起きたのかと慌てて駆けつけたヤオラに、アンジェリーナが抱きついた。

目を白黒させているヤオラに、彼女は震える指で知らせる。

『ヘビ！』

『なあんだ』

指の先にいるのは、よくいる灰色の毒のないヘビだ。はあ、とヤオラは安堵《あんど》の息を吐いた。

『なあんだはないでしょう！　早くどうにかしてよ！』

『そんなら』

思い切り足を引き、ヤオラはヘビを、思い切り蹴飛ばした。

長い体がくねりながら夏空に高く高く弧を描いて上がり、どこかに消えていった。

「いつも取りすましているアンジェが、ポカーンとした顔でヘビの飛んでいったほうを見ていて、その顔がおかしくって」

あっはっはとヤオラが笑った。

笑われたアンジェリーナも顔を赤らめ、クスクスと笑う。

『あんなに飛んだわ』

笑いは重なり、大きくなる。

『あなた、嘘でしょう？　ヘビがあんなに、ぴょーんって。普通ヘビは飛ばないのよ！』

明るい太陽の下で、ヤオラについていた泥を自分の顔につけたまま笑うアンジェリーナを、笑うともっと綺麗だなあと思いながらヤオラは見ていた。

それから徐々に打ち解けていった。

もともとヤオラはアンジェリーナが好きなのだ。アンジェリーナがその分厚い盾を外してくれれば、二人の友情を邪魔するものはなかった。

大きなつばのある素敵な帽子をかぶったアンジェリーナとピクニックをした。大きな戦争をしている中、村にはその炎の切れ端も見えず、空はどこまでも青く平和だった。

『美味しいわ』

ヤオラの母が作ったサンドイッチを、森の中の大きな岩の上でアンジェリーナは美味しそうに食べた。

『粗末なもんだけど、お嬢様の口に合う？』

『お嬢様じゃないわ。わたし妾《めかけ》の子だもの』

尋ねたヤオラに、ぽつんとアンジェリーナは言った。

なびく金色の髪が綺麗だった。

『母は囲われ者なのよ。父はいつも高価なお土産を持ってくるけれど、よその家庭のお父さんなの』

当時のヤオラにはその意味がわからなかった。お父さんは家に一人ずついるのが普通だと思っていた。

『近頃父が私に目をつけ始めて、母はヒステリックになったわ。今回のこれだって、父から私を遠ざけるための口実なのよ』

若さだけで男を惹《ひ》きつけようとするからダメなのよ、と続けて呟くアンジェリーナの横顔は、とてもヤオラと同じ歳の少女のものには見えなかった。

何も言えずに沈黙していると、スッとアンジェリーナが立ち上がり、歌い出した。

シャラの花を抱こう

揺れる髪に挿そう
シャラの花の色を
シャラの花の香りを
二度ない夏に歌おう
一夜で消えたシャラの花の色を
一夜で消えたシャラの花の香を
この胸に抱きこの髪に挿して歌おう
二度ない夏に歌おう

「天上の声でした。本当に、澄んで、綺麗で」

今もその歌声を聞いているかのように微笑み、ヤオラは目を潤ませた。彼女は今、その夏の静かな森の中に還《かえ》っているようだった。

「胸に沁《し》み入る、素敵な歌ですわ」

「えっ？」

ソフィの合いの手に突然現実に引き戻されたかのようになってから、ヤオラはフム、フムと口を動かした。何も食べてはいない。

ヤオラの目の焦点がじんわりとぶれる。

「ええと……」

目の前のお茶をじっと見つめた。

「……どこまで話しました？」

「夏の森のピクニックで、アンジェリーナ様が素敵なシャラの花の歌をお歌いになったところまでですわ」

微笑みそう言いながら、ソフィは言葉を差すのを控えようと決めた。ああそうだったわね、とヤオラの顔が明るくなる。

ふーふふー、と、先ほどの歌のメロディをハミングする。

目を開けたヤオラは、話を見失う前の、一三歳の少女に戻っていた。

「舞台女優になりたい、とアンジェが言ったから、私は絶対になれると答えました。舞台女優が何か知っていて？　と笑われて。知らなかったけれどアンジェは何にだってなれると思っていました。アンジェが望むものが手に入らないわけがないと思っていました。だってアンジェは本当に綺麗で、神様が一生懸命作った特別な女の子だと信じて疑っておりませんでした。そんな子が望む夢が叶わないわけがないと思っていました」

そうやって友情を深める中。

その夏の一番暑い日に、それは起きた。

「その日は村の黒のお堂を掃除する係で、アンジェと一緒にせっせと岩を磨いていました」

山の上にあるそこまでは長い長い階段を上らねばならず、着いたときには二人とも汗だくだったが、村全体を見渡せる景色の良さに歓声を上げるアンジェリーナの顔を見てヤオラの疲れは吹っ飛んだ。

土地の神様を祀《まつ》る黒のお堂は、酔っぱらった木こりが斧《おの》で切りつけたとたん斧の刃が粉々になったという逸話のある、すさまじく硬いものだった。

空から降ってきた大きな一枚岩を削ってつくったのじゃと偉そうに講釈を垂れる村長に、『そんな硬ェもんを、何で削ったんだよ』と聞いた悪ガキがげんこつをされていたが、確かにそうだなあとヤオラはむしろ悪ガキに感心したものだった。

いったいいつからそこにあるのか、一つのひび割れもなく黒々とそそり立つお堂には真ん中で割れる二つの扉がついており、大人三、四人が入れるかどうかというくらいの小さいものだ。

掃除は各家の交代制だが、今は老人しかいない家も多いので、ヤオラの母が積極的に番を買って出ていた。

ひとしきり磨き終えてふと村の景色を見たヤオラは、おかしなものを見た。

渦。

黒い渦が遠くから、大きな波のように村を飲み込もうとしている。

ぞわっと鳥肌が立った。

何かはわからない。

だが、あれは、絶対にいけないものだ。

全身の毛穴から汗が噴き出した。

『アンジェ！』

井戸の水をたらいに移そうとしているアンジェリーナの腕を思い切り引っ張った。

『何？』

『走って！　お堂に入って！　早く！』

声の限りに叫ぶヤオラに戸惑いながらも、アンジェリーナはその恐ろしい勢いに押され走り出した。

『あっ』

アンジェリーナが転んだ。離れてしまった手を、アンジェリーナが手を伸ばし蒼白《そうはく》の顔で見ている。

ヤオラだけならあと数歩でお堂の中に入れる。

振り向いたアンジェリーナの後ろに、恐ろしい渦が迫っているのが見える。チリチリチリ、と肌が粟立《あわだ》つ。

ぐっと息を詰めて、ヤオラは戻った。アンジェリーナの体を抱き上げお堂に向かい、彼女を投げ入れるようにしてから自らも転がり込み、内から扉を閉めようとした。あと少しというところで、ほんのわずかの細い隙間から流れ込んできた『何か』に顔をえぐられた。


「気がつけば暗いお堂の中、アンジェの膝の上でした」

顔からは大量の血が流れ、アンジェリーナはそれを泣きながら押さえていたという。

アンジェリーナに肩を貸してもらい外に出た二人は。

『無』を見た。

「何も、ありませんでした。何も。木も、畑も、川も、家も、人も、……何もなかった」

ぎゅっと眉を寄せ、手を震わせるヤオラに、やはり、とソフィは思った。

第三次パルミアの大戦。

悪魔のような兵器を使った、最悪の戦争。

隣り合う二か国は古くから鉱山の所有権を巡り、何年も何十年も、代替わりしても争い続けていた。

剣と盾による原始的な戦争から、やがて魔術を使ったものへ。

小さな争いから大戦を経ても終わらない長い長い戦いに焦《じ》れた西側の国は、魔石を使った兵器を作り出した。

魔石の中に魔術師の力を流し込み、さらにそれを魔術で包む。何重にも重ねられ、中で渦を巻く大量のマナを閉じ込めたそれは、火と風、水、土の四つが作られた。

最悪なことにそれは戦場では使われず、戦士のいない街に落とされた。

まずは『火』が。いくつもの街と集落を飲み込んで、数え切れぬほどの人が突然の灼熱《しやくねつ》に命を落とした。

西側は期限を設けて東に迫った。降伏しなければあと三つ、同じものを、お前の国のどこかに落としてやると。

東の王はすぐには答えなかった。先祖から受け継がれた西を憎む心が王の唇を閉じさせた。『風』は容赦なく街に落とされた。

『火』と同規模の被害を受けた東側の国王はこれを受けてついに降伏し、血の涙を流して王座を譲ったという。

一度は合併された両国だが、西側のあまりの非道な行いに反旗を翻すものが多く国はまとまらず、現在は四つに分かれて小競り合いを続けている。


ヤオラが受けたのは『風』だろう。閉じ込められた風のマナは渦を巻き、その風の及ぶ限りのうちの人や建物をまるごと、根こそぎ吹き飛ばしたという。

わずかの隙間から入ってきたものだけでその威力なのだ。

現在は非人道的で不法なものとして各国の王が調印した条約で禁止されているが、いつこれを侵すものがいたとしても不思議ではない。

『魔石』『魔力』。正しく使えば生活を向上させ、人を幸せにするはずのものは、一歩使い方を間違うだけで、容易《たやす》く人の命を奪う恐ろしいものになる。

「どこが村かもわからず、どこが家だったのかもわかりませんでした。暑い、暑い中を、アンジェと一緒に歩きました。ちらほらと人が増えました。誰もかれも皆傷ついていました」

詳しくを語るのが辛いのだろう。思い出すのも辛いのだろう。はらはらと涙を流すヤオラの背を、ソフィはそっと撫でる。

ハッとヤオラが目を見開いた。

「どこまで……話したでしょう」

「……お二人が助けられたところまでですわ」

「ああ……」

ソフィは老女が辛い道中のことを語らなくて済むように少しだけ嘘をついた。

ヤオラがまた思い出の、夏の日に潜る。

「孤児院の中を借りたお助け小屋の一つに二人でお世話になって、アンジェは体は元気だし、私もその中ではまったく無事な部類でしたので、洗濯をしたり料理をしたりと働きました。アンジェは実家に手紙を書いて無事を知らせました。何日か、何週間かそこにいて、アンジェにはお迎えの馬車が来ました。馬車から身を乗り出してこう、こう私に手を振って」

いつか会おう。

いつか必ず、また会おう。

泣きながら約束をして、二人は別れた。

「そうして、それっきり」

そっと胸に手を当てた。

いいえ、と首を振った。

「私一度、アンジェに会いに行きました」

家も土地も失い、戦場に行った父と兄も死に、母もあの日失った。

何も持たない少女は職を求めて、以前アンジェに聞いた、アンジェの屋敷のある大きな街に足を踏み入れた。

大きな屋敷の前に佇《たたず》む、顔に傷のある少女を認めたのは屋敷の主だった。

裏口から通された大きな部屋で固まっている少女に、主人は金の入った袋を押しつけた。

『娘から話は聞いている。あの子を助けてくれたことは感謝しているが、もう二度とここに顔を出さないでもらいたい』

呆然と目を見開くヤオラに、男は冷たく言った。

『アンジェは先日母親を失い、この屋敷に引き取られたばかりだ。弱っているところに、君のその顔が傍にあったら、アンジェはなんと思うだろう。命の恩人という看板をかけた君のその顔は、アンジェの心を重ねて苦しめるだけなのだ。ひどいことを言うようだが、どうかわかってほしい』

気がつけば金の入った袋を持ったまま、屋敷の外に放り出されていたという。

「私は、そんなつもりではなかったのです。ただ一目、アンジェに会いたくて……」

顔をそっと撫でた。

「それだけだったのに」

その後ヤオラはその金を元手に、野菜の担ぎ売りを始めた。

朝早くに遠くの農村に行き野菜を買いつけ、街で売る。まっとうな料理屋が使わないような傷物の野菜を安い値段で売るので、庶民のおかみさんや安い食堂の客がついたのだという。

「傷者の女が傷物の野菜を売っているというので、わかりやすかったんですよ」

安いのに味はいい野菜を売ってる、と評判になって、何件も客が増えたというのだからわからないものである。

足腰の強さも、野菜の目利きも、彼女の故郷が彼女に与えたものだ。

今は亡き故郷を胸に抱いて、ヤオラは重たい野菜を担ぎ続けた。

「夫も里を焼かれてひとりぼっちで街に出てきた人で。一人よりも二人のほうが生きていくには都合がいいというそれだけの理由で結婚しました。子を産み育てているときにまた戦争が起きたので、夫と子どもを連れてこの国に逃げ込みました。もう六〇年も前のことなのですねえ」

いくらかの金と身の回りの物だけを持って、新しい地でまた野菜の担ぎ売りをした。土地は変わっても、いい野菜の顔は変わらないのが嬉しかった。

一から客を開拓し、そのうちに稼ぎも安定し、店を持ち、今は孫が店主として頑張っているとのこと。

二〇年前に夫とは死に別れた。長い長い隠居生活だが野菜の目利きの力は衰えず、今も店の最終兵器として頼られることもあるという。

語り終えてヤオラが口を閉じた。

なんと壮絶で、なんとたくましい人生史であることか。ソフィは感動していた。

ソフィは目の前のこの小さなお婆さんが、神様のように思えてならない。

不思議なお堂に守られて、強くたくましく戦争の時代を生きた一人の女性は、こんなにも長生きして、書の中にない、歴史の中にあった人々の生活を生々しく語ってくれる。

「本日は、そちらの、お顔の傷をお治しするので、お間違いございませんか？」

ソフィはなるべくゆっくり、大きな声でヤオラに聞いた。

何か考え事をしていたか、放心していたヤオラは少し遅れてこっくりと頷き、にっこりと笑った。しわに埋もれてくしゃくしゃの顔が、さらにくしゃくしゃになる。

「実はもうすぐ、アンジェに会えることになりまして」

「まあ！」

にこにこと嬉しそうに笑うヤオラの顔は、やがてゆっくりと悲しみに陰った。

「アンジェのお父さんの言葉は、それはひどいものだと思いましたけど、あとになってから、たしかになあとも思いました。もしも、私を守るためにアンジェの顔がこんなことになっていたら、私、アンジェの顔を見るたびに苦しむと思います。そんなものはもう全部、取っ払ってから、アンジェに会いたくて」

斜めに走る爪の跡を、ヤオラは震える指で正確になぞった。

「孫が酒場でチラシを持ってきてくれて。出かけるのにろくな服がないからって孫のお嫁さんが新しい服を買ってくれて。チラシに書いてあることを、ひ孫が何度も読み聞かせてくれて。私も、家族も、ここに来られるのを、すごく楽しみにしていました」

ほわりと胸が熱くなる。戦争に傷つけられひとりぼっちで故郷を追われた少女は、今この国で幸せな家庭に囲まれて過ごしているのだ。

ソフィはそれが嬉しい。

「では、失礼いたします」

ソフィは手をかざす。

『いたいのいたいのとんでいけ』

大好きな友人を守るため、足がすくむほどの恐怖を押し込め駆け戻った少女。

『とおくのおやまにとんでいけ』

何者も恨むことなく、自らの肩に荷を背負い足で地面を踏みしめ歩み続けた女性。

どうか大切な友達に、にっこりと笑って再会できますように。

グイ、と引き込まれるような、吸い込まれるような感じがあった。

いつもよりも多くのマナを失ったのが感覚でわかった。

古い傷だから？　魔術による傷だから？

肩で息をしながら混乱しているソフィの前で、そっとヤオラの指が動き、傷跡を……傷跡のあった、今はほかの場所と変わりないしわの浮く場所を撫でた。

「……ありがとう」

拝むようにソフィに両の手を合わせた。

つうとしわのある頬を、涙が伝う。

「ありがとう」

息を整えながらソフィも微笑んだ。

気づけば日が傾いている。こんなにも長くお話させてしまってさぞお疲れのことだろう。ご住所をお伺いして馬車を呼んだほうがいいと思い、ヤオラに『失礼』と声をかけてから、ソフィは扉を開けマーサやクレアの姿を探した。

見える範囲には誰もいない。ヤオラを一人にするのは心配だが、やはりここは誰かを探しに行かせていただこうと、声をかけるためにヤオラを振り返る。

「……え……？」

椅子の上に、小さな老女の姿はなかった。

「えっ？ ……え？」

まさか転げ落ちたかと思いテーブルの下を覗く。

老女の姿は見えなかった。

シャラの花を抱こう
揺れる髪に挿そう
「えっ？」
部屋の外の廊下から歌が聞こえる。
シャラの花の色を
シャラの花の香りを
それは速い速度……快活な一〇代の少女が駆け抜けるような速さで、遠ざかっていく。
二度ない夏に歌おう
一夜で消えたシャラの花の色を
一夜で消えたシャラの花の香を
この胸に抱きこの髪に挿して歌おう
二度ない夏に歌おう……
声を追って走るソフィの足は歌の主に追いつかず、やがて屋敷の玄関に到着した。
しん、としている。
もう声は聞こえない。おかしな汗が浮いていた。

八〇のお婆さんに、追いつけないことなどあるだろうか。足腰が強いとはいえ、あんなに小さな、背中の曲がったお婆さんに。

「あれ、お嬢さん」

声がかかった。ボウルを持ったレイモンドだった。

「……レイモンド、今、廊下を誰かが走っているのを見ましてて？　お歌を歌っている方を」

ああ、とレイモンドがにっこりした。

「ルールル～、っていう歌ですよね」

ソフィはホッとした。レイモンドの鼻歌は、少し外れているものの間違いなくあのシャラの花の歌だった。

ではやはりものすごく足腰の強いお婆さんだったのかと思いかけたソフィに。

「一二、三歳の日焼けした元気そうな女の子でしょう？　子どもが来てるならお菓子がいるだろうなと思って、俺お嬢さんに聞こうと……」

レイモンドが言葉を切った。自分はよっぽどすごい顔をしているようだった。

マーサさん、クレアさん、誰かぁ！

ボウルを横に置いてソフィの肩を支えながら、レイモンドが叫んだ。


窓から入り込む風からふわり、とあの独特な香りがした。

翌日、彼らは現れた。

六〇代くらいの毛髪の薄い男性と、同じような形に髪が薄くなり出した四〇代くらいの男性。それにその妻と思われる、四〇前くらいの女性の三人。

ヤオラが訪れる予定だった時間に念のためサロンで用意をして待っていたソフィが、読み終えた分厚い戦争史の本を閉じたとき、クレアのあとにオドオドしながら連れだって入室してきた。

「あなた様方は……」

「はい、あの、今日ここに来るはずだったお袋……野菜屋ヤオラの息子です」

「孫です」

「孫の妻です」

ぺこ、ぺこ、ぺこ、と順に頭を下げた。

そして彼らは、テーブルの上にある来客用の茶と、手のついていない菓子を申し訳なさそうに見た。

「連絡もなくお待たせしてすみません！　実は母は……」

「ご安心ください。ヤオラ様なら、昨日お見えになりましたわ。おそらく日を勘違いなさったのだと思うのです。どうかお気になさらないで。どうかお母様をお叱りにならないで」

ぎょっと目を見張り、顔を合わせ、やっぱり、と息子がため息のような声で言う。

「……母は今朝、死にました」

「え……？」

「起きるのが遅いので見に行ったら、布団の中で、笑って死んでいました。きのう一人で来た？　そんなことできるわけありません。母は一人でなんて、家の中の半分ほども歩けないんですから」

足の悪い大婆様《ばば》をソフィのサロンに連れていくため、家人は台車を準備していた。

めったにわがままも言わない化石みたいな大婆様が、絶対に行きたいと強く強く希望するため、普段は野菜を運ぶための台車に手すりをつけて、前と後ろを子と孫が、横を孫の嫁とひ孫で守って、大婆様が落ちないようゆっくりゆっくり引いて連れていく予定だった。

いつも早起きの大婆様が朝になっても起きてこないので、きっと楽しみすぎて眠れなかったのだと笑いながら起こしに行った孫の嫁は、布団の中で冷たくなっている大婆様を見つけた。

「きのう大婆は夕飯もいらないからと早く床についてしまって、私たちはまだ仕事が残っていて、最後に顔を見たのは昼だったのですが」

昨日の昼にはいつも通りあった顔の傷が、安らかに眠る大婆様の顔から消えていた。きれいに。もともと何もなかったかのように。

「朝から皆大騒ぎで、お医者さんを呼んで、今は子が……大婆のひ孫が大婆のそばについているんですが、そういえばこちら様にご連絡をしていないと先ほど気づき慌てて三人で……ええ空の台車を引きずって参りました」

四〇代のお孫さんが言い、あっと六〇代の息子が気づいた顔をした。

本当に慌てていたのだろう。乗せる相手のいなくなった台車を無駄に引いてきてしまったのだ。

「……大婆は、こちらに来た……来たとき、どのような様子でしたか？」

孫のお嫁さんがおずおずと尋ねた。

「……新しい、白いお花の刺繍が入った水色のワンピースをお召しでした。お孫さんのお嫁さんが今日のために買ってきてくれたとおっしゃって」

「あぁ……」

お嫁さんが口を覆った。じわりとその瞳に涙が浮く。

「……確かに、私が買った服です。大婆は白い花が好きで……」

「……シャラの花でございますね」

「なんてこった」

ぺちんと六〇代の男性が禿《は》げ上がった額を叩く。

「では大婆はあなた様に……その……」

「アンジェリーナ様のお話をお伺いいたしました」

「うわあ！」

ぺちんと今度は四〇代の孫のほうがまったく同じ仕草でまだ毛のある額を叩いた。

「もうすぐアンジェリーナ様にお会いできるから、その前に傷を治したいと」

そこまで言い、ソフィは言葉に詰まった。

唇が震えた。

あんなに喜んでいたのに。あんなに楽しみだったのに。

何年も、何十年も叶わなかった夢がようやく叶うところだったのに。

魂が抜けるほどにここに来たかったというのに。

涙が落ちる。

「……間に、合わなかったのですね」

唇を震わせ、ハンカチで目元を押さえるソフィにあわ、あわ、あわと三人が慌て、孫が、違うんです、違うんですとブンブン手を振りながら言った。

「逆ですソフィ様、アンジェリーナ様はもう、六〇年も前に亡くなってるんです」

「え……」

間に合わなかったんじゃない。間に合ったんだ！　と泣きながら叫ぶ。

「きれいな顔で、大婆は天上の大切な友達に会いに行けたんです！　あなた様のおかげで！」

開けた窓から入る風が、燃える木のにおいを部屋に運んでいた。


三人がお辞儀をしながら去っていったサロンの中で、ソフィはぼんやりしていた。

机の上の戦争史の表紙を、そっと撫でる。


アンジェリーナは二〇歳の若さで、肺の病で亡くなったそうである。

彼女が死する前に書いた手紙が、二人が世話になったお助け小屋宛に届いていたのだそうだ。国を出る前にどうしても礼がしたく立ち寄ったヤオラに、それは手渡された。

結局舞台女優にはなれず、父の商売相手に見初められ嫁いだこと。

いまだ子はなく、ここのところ体の調子が悪いこと。

あの夏の日。ヤオラと野菜をとったり、ピクニックをした日々が懐かしい。

またヤオラに会いたい。あなたがヘビを蹴飛ばす姿をまた見たい。

今生で二度と会えなくても、どこにいても、私はあなたの幸せを心から願っている。

アンジェリーナの筆跡に添えて、アンジェリーナの父の家から付き添ったメイドの手により、彼女の死が書き添えられていた。

お嬢様はよく晴れた日窓を開け、日に焼けることもいとわず光を浴びながら、シャラの花の歌を歌っていた。

あの日あなたが屋敷を訪れたことを知ったら、何を置いてでも会いたがったことだろう。

最期、肺を病んだアンジェリーナはひゅうひゅうという息で苦しげに。

それでもどこか懐かしむような顔で幸せそうに、シャラの歌を歌っていたという。


「一夜で消えたシャラの花の色を……一夜で消えたシャラの花の香を……」

細くソフィは歌った。

どこかの素朴でのどかな村で、夏の光を一身に浴びながら、金の髪に白い肌の綺麗な女の子と、日焼けした元気な女の子が手を取り合って歌っている姿を思い描いた。

恐ろしい兵器さえ落ちなければ、そうなるはずだった暑い夏。

ぽつりと落ちた涙が、戦争史の表紙に丸い染みを作り、広がった。

海《あ》女《ま》アマリリス

その客は親子で連れ立って現れた。

「娘のアマリリスです。一六歳です。海女です」

ほら、ご挨拶なさいと母親が娘に呼びかけた。娘アマリリスは焦点の合わないぼうっとした顔で、ソフィを見ている。

深く眠れていないのだろう、目の下に黒々としたクマがある。

顔につぎはぎのような、不思議な跡があった。

魂の抜けた人形のような娘の体から、母親が衣装を剝いでいく。健康的な肌の、腕の根元、腹、背中に、同じようなぎざぎざの跡がある。

「どうなさったのですか」

「火薬の爆発事故に、巻き込まれたのです」

アマリリスは海女だった。素潜りで海に潜り、貝やカニ、エビをとる。

いつも通りアマリリスが仕事をしていると、大きな国営の船が通りかかった。

「突然どおんと、大きな音がしたそうです」

熱風に顔を焼かれた。

波に飲み込まれた。

そこで意識は途絶え、起きればこの通りの姿になっていた。

「国が起こした事故でございますよ。何十人もの人が巻き込まれ、死人も出たそうです。幸い癒院《ゆいん》に中央から派遣されている腕のいい若い癒師《ゆし》がいたそうで、ちぎれかけていた腕も、足もつながりました。おかげさまで体はいたって健康なのです」

あっその人知ってるわ、とソフィは思った。

「でもあれ以来、娘は眠れなくなりました。突然奇声を上げたり、大きな音に飛び上がったり。お付き合いしていた男性がいましたが、この子の様子に驚き、もう連絡もありません。鏡を見るたびにあの事故を思い出すらしく、身だしなみを整えようともしなくなりました。……命をつないでいただけただけでも本当にありがたいとは思います。ですがこの子はまだ若いのです。嫁入り前の娘なのです。どうか、この肌を治してはいただけませんでしょうか」

母親が嗚咽《おえつ》しハンカチで目元を押さえる。ソフィは頷いた。

「やってみます」

ソフィはアマリリスの顔に手をかざした。

『いたいのいたいのとんでいけ』

ぼうっと、魂を抜かれたような顔で、少女がそれを見ている。

ただ、いつも通りに仕事をしていただけなのに。突然手足がちぎれるほどの事故に巻き込まれた少女。

どんなにショックだっただろうと、アマリリスに心を寄せながら同時に、きっと必死だったことだろう、と、ソフィはここにいない真面目な変人のことを思った。

手足がちぎれかけているような人たちが、何人も同時に運び込まれたのだ。

吹き出す血とはらわたを押さえ、ちぎれかけた手足をつないだ。

肉をつなぎ骨をつなぎ、元通りの健康な体に戻した。

血にまみれながら、多くの命を救ったのだろう。きっと。

『とおくのおやまにとんでいけ』

詠唱を終えた瞬間、かちりと何かに自分の力が当たったような感じがし、ふわりと音が頭に流れ込んだ。透明なオルゴールの蓋を開けたようだとソフィは思った。

ぐん、と引っ張られ、眉を寄せる。光が消えた瞬間、がくんと膝が抜けた。

心配そうに母親がソフィを見ている。

「……やさしい光……」

アマリリスがぽつりと言った。はっと顔を上げる。アマリリスの顔の跡は、半分ほど消えていた。喘ぐように息をする。手のひらを見る。たった一回で、いつもよりも大量のマナを消費したのがわかった。

数値化できるものではない。『いつも通りにいつもの距離を走ったのに、なんだかずっと疲れてるわ』という感じである。

はあ、はあと息をした。

先日もあったことだ。自然にできたものではなく、誰かの魔力でできた傷をなめらかにするのは、もしかしたら抵抗が大きいのかもしれないとソフィは感じた。

でも大丈夫。治せた。半分だけれど。

「お時間をいただくかもしれません、お許しください」

「あの……大丈夫ですか？」

「大丈夫です」

脂汗を拭いて、ソフィはアマリリスに向き直る。

『いたいのいたいのとんでいけ』

繰り返す。

『とおくのおやまにとんでいけ』

快活そうな、日焼けした少女。

目の大きい、可愛らしい少女だ。

今日ここを訪れるまでに、この子はどれだけの頑張りを求められたことだろう。

大きな音の溢れる街で何度休み、息を整え、震えながらうずくまらなければならなかっただろう。

母親だってそんな娘を見るのはきっと辛かったはずだ。それでも二人は身を支え合いながら必死にここを目指した。

幸せに。どうか幸せに。娘の明るい未来を願い、母親はきっと泣きながら肩を貸し、心を鬼にして娘を励ました。

二人は頑張った。頑張って頑張って、ソフィのサロンに来てくれた。

どうしても今日、ここで治してあげたい。この子にこれ以上傷ついてほしくない。そう思いながら何度もソフィは詠唱した。

そのたびに、声は響いた。

生きろ、と言っていると気づいた。死ぬな、戻れ、とも。必死に。

ソフィの光は何度も、彼女の体の治療痕をなぞった。

そのたびに声はより明確になってソフィに流れ込み、やがてそれが誰の願いの残響であるかを、
ソフィは理解した。

「ありがとうございます……」

母親が崩れ落ち、号泣している。

「ありがとうございます！」

すっかり傷跡の癒えたアマリリスが、自分の肌を見ている。

汗にまみれ息も絶え絶えで、だがソフィはその疲れを二人に隠した。

「お母様、アマリリス様は、心にもお怪我をされておいでです。どうか無理に忘れさせようとか、気分転換をしようとか、明るくしようとかはなさらないでください。アマリリス様が何かお話しになりたそうなときは、どうか口を挟まず、ただ、ただ聞いてあげてください」

はい、と母親は涙ながらに何度も頷いた。ソフィは少女を見る。

「アマリリス様、怖い思いをなさって、お心が乱れるのは仕方がないことです。あなた様が弱いわけではない、誰にでも起こりうることなのです。眠れなかったり、怯《おび》え震えてしまうご自分を、どうか許してあげてください。命にかかわるようなことが起きて、まだ心がびっくりされているだけなのです。無理をせずに休ませていればやがて心にもかさぶたができて、自然に癒えていきますわ。辛いと感じたらすぐに休ませてあげてください」

はい、とアマリリスが頷いた。部屋に現れたときのぼんやりとした感じはほんのわずかに薄れている。

じっとソフィを見つめるその瞳から、ぽろ、と涙が落ちた。

「とても、優しい光でした。あたたかかった。治してくれてありがとう」

「どういたしまして」

重たい体を引きずるようにして、クレアに伴われ退室する二人をなんとか見送った。

がくんと膝が抜け、体がカーペットに沈む。

あ、これ死ぬやつだわ、と、まり子の記憶がフラッシュバックした。

「ソフィ嬢、失礼する」

薄れゆく意識の中、そんな四角い声が聞こえた気がした。


がぼ、がぼ、がぼ。

なんだか変な音がする。

がぼ、がぼ、がぼ、ぶぶ。


「べあっはぁ!」

ソフィは勢いよく上半身を起こした。口からだらだらと何かが零れており、服の胸の部分はびしゃびしゃだ。

「目が覚めましたか。べあっはぁとは実に勇ましい」

四角い声がした。

はっとソフィは目を見開いた。目の前に、つるんつるんのやたらと整った顔がある。

「……オズホーン様……」

一瞬ここがどこかわからなかったが、間違いなくソフィのサロンだ。アニーと横並びで座ったソファに、ソフィは体を横たえている。

昼寝から目覚めた幼子のような頼りない気持ちで、おろおろと部屋の中と、オズホーンの顔を見た。

「わたくしは……」

どん、と耳元に衝撃が走った。耳の横に大きな手のひらがある。

さっきよりもさらに目の前に彼の顔がある。

「ソファドン!?」

「何をふざけておいでなのか。『マナ切れ』を起こすほど魔術を使うなど、いったい何をお考えなのですか」

「……」

オズホーンが怒っている。声も顔も普通だが、怒りのオーラを感じた。

ソフィは眉を下げた。


人には一度に体に溜め込める『マナ』の量に個人差がある。

体力やスタミナと一緒だ。人によっても違うし、経験や訓練によっても変わる。

体の中のマナを使い、使い尽くし、ソフィは意識を失ったのだ。

まだいける、と思った。

もう少し、と焦った。

間違いだった。

口のびちゃびちゃは魔法水だろう。失われたマナを回復させてくれるお高いお薬である。

気を失ったソフィに、オズホーンは自分用の貴重なこれを飲ませてくれたのだ。

『癒すものは倒れてはなりません』

いつかのフローレンス先生の授業が頭をよぎった。

『自分の身に何かがあっても、後ろの誰かが必ず支えてくれる。そう信じるからこそ戦士は勇ましく進めるのです。己の力量と限界を知り、決して無理をしないこと。最後までそこに必ず『在り続ける』こと。癒しのものは常に誰よりも冷静で在らなければなりません』

しっかりと教わっていたのに。間違いなく。

「……おのれの限界もわきまえず、愚かなことをいたしました」

悔しかった。恥ずかしかった。

涙が溢れた。一度のマナの消費量がいつもと違うことを、わかっていたはずなのに。

「慢心いたしました。自分なら治せると。もう少しで癒せると。実に愚かなことでございました」

次から次に溢れるソフィの涙を、オズホーンがじっと見ている。

「……マナ切れは眠れば回復します。ですが意識を失い頭を打ち、打ちどころが悪くて頭に血が溜まり死んだ癒師がおりました。以後お気をつけください」

オズホーンが身を起こした。

まだ頭がくらくらするが、ソフィも体の向きを変えソファの背にもたれかかる。

オズホーンはテーブルの椅子を引き腰を下ろす。

「あの親子は、私が癒した患者ですね。人の美醜はわからずとも、自分の癒したものはわかります」

「……はい」

本来ならここでのことを人に話すべきではない。

だがオズホーンは癒師であり、患者の話を聞いていい、ただ一人の人間だった。

「体の、表面の傷を治したいとおっしゃっていました。体を、命をつないでもらったと、オズホーン様に感謝しておられました」

「だがなんらかの不満があったからあなたのサロンを訪れた」

固い声だった。

少し、ほんの少しだけ、すねた子どものような色があった。

「体が引き裂かれたのを縫い合わせたのだから、表面に多少の傷は残ります。体の中を、生かすために大急ぎでつないでいるのだから、命にかかわりのない皮膚の再生は二の次にならざるを得ません」

「わかっております」

沈黙が落ちた。

オズホーンが立ち上がる。

「本を返しに来ました。とても目新しい内容でした」

分厚い医学書を自ら進んで本棚の、元あった場所へ正確に戻す。

「……ヒザクルネは？」

「難解な内容のためなかなか読み進められておりません。別途返しに上がります」

医学書の一〇分の一の厚さの、町人でも読めるような本に彼は苦戦しているのである。

クスリとソフィは笑った。

何度もページをめくり、行きつ戻りつしては首をひねる、オズホーンの姿が目に浮かぶようだった。

「……あの子を治療しているとき、あなた様のお声が聞こえました」

怪訝《けげん》な顔でオズホーンがソフィを振り返る。

「死ぬな、生きろという、必死の声でした。あれは確かにあなた様のものでした。オズホーン様、わたくしはあなた様を見誤っておりました。いっそ冷たいほどに冷静なお方かと。ですが声は、あなた様が、いかに熱い思いをもって患者に向き合い、真剣に治療に当たっておられるか、明確にわたくしに教えてくれました」

そっとソフィは手をまるく包んだ。あのときの声が耳に蘇る。

生きろ。死ぬな。

戻れ！

己の体を他者の血に濡らしながら、生と死のはざまで命を救うものの、激しい思い。

オズホーンは変人だが、冷たい人ではない。

ただ、とてもわかりにくいだけなのだとソフィは理解した。

「尊敬いたしますオズホーン様。わたくしに癒せるのは皮一枚。オズホーン様の絶大な威力の癒しとは比較のしようもございません。たとえ愛する家族が体を切り裂かれ目の前で血まみれになってのたうち回っていたとしても、わたくしの手は、なんの助けにもならないのです」

ソフィはじっと自分の手のひらを見つめた。

「以前師に言われました。『己の力を過信すれば必ず絶望することになりましょう』と。その通りです。オズホーン様が何人もの方の命を救うあいだ、わたくしは皮一枚治すのにマナを使い切って倒れることしかできない。わたくしは」

涙が零れるのがわかった。

「愚かで、弱い」

泣き言など言うつもりはなかった。

とんでもない大失敗に、きっと心が弱っているのだ、と、唇を嚙み締め嗚咽をこらえ、必死で涙を止めようとする。

オズホーンがソフィに歩み寄った。

「普通の癒師は、マナ切れなど起こしません。マナの減りに危険信号を感じ、それ以上魔術を発動することが本能的に恐ろしくなるからです」

「……そうですか」

「あなただって今日それを感じたはずだ。だが踏み出した。恐れを無視した。目の前の患者を、どうしても癒したかったからでしょう」

抑えようとしても、涙は次々に溢れた。

「愚かではない。弱くもない。言動と本棚は人の内面を如実に表します。あなたは知識に貪欲で、繊細ながらたくましく、実に図太い。癒し手としての素晴らしい資質です」

「別の褒め方がよかったわ」

オズホーンがハンカチをくれたのでソフィは遠慮なくそれで目を拭った。

涙と、変な汁がついた。

「親子は笑っておりましたよ」

「え……」

「とても嬉しそうに、微笑みながら歩いていました。癒院を出たときとはまるで別人のようだった。先ほどは八つ当たりのようなことを言って悪かった。おそらく私はあなたに嫉妬したのです。私にはできなかったことを成したあなたに」

「嫉妬……？」

オズホーンはじっとソフィを黒曜石の目で映す。

「はい。ですがわかりました。私たちはどうやら互いに不毛なないものねだりをしています。私は体を癒すが、心までは癒せない。きっとあなたはその逆なのでしょう。逆のものを、引き比べようとするのが間違いなのです。あなたは以前こうおっしゃいました。皮一枚のことは『人によっては命にかかわる、尊厳にかかわる』と。皮膚を治すことで、あなたはその人たちの命と尊厳を守り、救っているのでしょう。その身に与えられたものを全力で人に与えておられるのだ。ご自身をほかのものと比べて卑下する必要などない」

「……」

オズホーンがたくさんしゃべるのでソフィはびっくりしていた。

慰めようとしてくれているのだと気づき、涙を零しながら笑う。

偽らない真面目で不器用な男の言葉は、やがて癒しとなってじんわりと、ソフィの胸に沁み込んだ。

「……申し訳ございません。わたくし、どうかしておりました。オズホーン様のおっしゃる通りでございます」

このサロンを訪れたお客さまたちの、帰り際の幸せそうな顔がソフィの胸を照らす。

ありがとう、というそれぞれの優しい声が耳に蘇る。

先までの絶望によるものではない、あたたかな涙が落ちた。

「本当に、どうかしておりました。ただ一度の失敗で、とても大切なものを見失うところでした」

もう一度ハンカチで目元を拭う。すでに涙と変な汁でドロドロのぐちゃぐちゃである。

「今度新しいハンカチをご用意いたしますので、こちらは頂戴してもよろしいですか」

「差し上げます。『ハンカチは女性の涙を拭うためにポケットに入れておくものだ』と上司に教わりました。気になさらないでください」

「刺繍の練習台にいたしますので、どうぞ受け取ってくださいませ」

「ではいただきます」

「魔法水の代金は……」

「必要ありません。『飲食で女性に財布を出させるな』と言われております」

「飲食に入るのかしら？」

「はい。飲み物ですので。ところで『南北生薬考』をお借りしてもよろしいですか」

「どうぞ。だいぶ読み込んだのでところどころ擦り切れておりますけれど」

「かまいません」

パッと顔を明るくしてオズホーンが本棚に向かう。ずっとあの顔をしていれば周囲に誤解されることも少ないだろうにとソフィは残念な気持ちになる。

「ああ、ところでソフィ嬢」

「はい」

「婚約者はできましたか」

「絶賛募集中ですわ」

「なるほど」

真面目な顔で頷くオズホーンに、ビキッとソフィはこめかみに青筋を立てた。

「それでは。今日は食べられるだけ食べ、寝られるだけ寝てください。まだお若いので、目覚める頃にはマナも回復していることでしょう」

患者を前にした癒師のようにオズホーンが言う。

オズホーンがまたソフィをじっと見た。何かしらとソフィはその目を見返した。

「患者を思うあなたの心は得難いが、どうか二度としないでいただきたい。床に倒れているあなたを見つけたとき、私は実に狼狽《ろうばい》しました」

「本日は本当に、大変なご迷惑をおかけいたしました。胸に刻み二度としないとお約束いたします。ところでオズホーン様、どうやってこの屋敷にお入りに？」

「ベルを鳴らし出てきた若い侍女の方に身分証を提示したら通されました。何か問題がありますか」

ソフィ宛の来客ならば、必ず案内する前にマーサかクレアがソフィに前触れを出すはずだ。

何か手違いがあったのだろう。あとでマーサに確認しなければとソフィは思った。結果的に助けられたのだから、あまり叱らないようにと伝えよう。

「ございません。……オズホーン様」

「はい」

相変わらず人の目をまっすぐに見る人である。

「今日はお助けいただき、ありがとうございました」

「お助けできてよかった。お体を大切になさってください」

「はい」

そしてオズホーンは去っていく。

ひとりになったサロン。びしゃびしゃのどろどろになったハンカチを、ソフィは一人、じっと見つめている。

学生クリストファー

『クリストファー、一二歳、学生　お湯を被った痕を治してください』

男の子ならやっぱり肉でしょうということで、今日テーブルの上に用意されているのは軽食である。ハム、燻製肉、腸詰め。いい感じの焦げ目がつくまで炙《あぶ》られたしょっぱいものと野菜やチーズが色とりどりにパンにはさまれ、このままピクニックにでも行きたくなる様子でわくわくと並んでいる。別のお皿には甘いものもちゃんとある。交互に食べたらきっと止まらないだろうとソフィは微笑む。

りん、りん、りりん

扉が開く。男の子が入ってくる。一二歳にしては少しだけ背が高いかもしれない。だが体つきはまだ子ども。薄く、細い。ちょんとつついたらぴょんと高く飛びそうな感じで、びくびく、おどおどとあたりを見回している。

くるくるもじゃもじゃと跳ねた黒髪。分厚い眼鏡《めがね》。あだ名はきっと『博士』だわとソフィは見当をつけた。

挨拶してから椅子を勧め、手に持っている重たそうな荷物を受け取る。

「本ですか？」

「教本と問題集です。もうすぐ受験なので」

「ああ……」

自分もその歳の頃に必死になって勉強したことを思い出し、ソフィは切ないような、苦いような感情を飲み込みながら微笑んだ。

ソフィを見て驚くどころかほっとしたように礼儀正しく挨拶をしながら、彼の目がテーブルの上に釘付けになっていることに、ソフィは気づいている。にっこりと笑う。

「本日は料理人が頑張りました。たくさんお召し上がりになって、うちのものを喜ばせてくださると嬉しいわ」

「……よろしいのですか？」

「もちろん。肉は育ち盛りの男子のためにおいしそうになってそこにあるのです」

「それは初耳です！　いただきます！」

緊張が解けたように男の子は笑った。笑うとますます印象が幼くなって、とても可愛らしい。

しばし、声をかけず食事に専念してもらう。服は清潔だが、あちこちに丁寧な継ぎがある。分厚い眼鏡は誰かのお下がりか、微妙に彼には大きい。時折ずり落ちるのを、慣れた様子で直している。

鞄から覗く教本と問題集はボロボロ。同じものを、何度も何度も解き直しているのだとわかる。

食べ方はきれいで、かす一つ落とさない。豊かではない、でもしっかりとしたおうちの子だ。

「ふう」

「お茶のおかわりはいかがでしょう。お口の中がさっぱりしますわ」

「あ、自分でやります」

「今日クリストファー様はお客様です。ごゆっくりなさって」

「……」

微笑むと、彼の頬が赤くなった。まあ可愛らしい、と胸がほっこりする。

頰が赤いのに自分でも気づいたのだろう。顔を伏せる。

「……すいません。僕、こう、もっとこうドカーンとした女の人が出てくると思っていたので」

「あら。なかなかにドカンだと思いますけれど。ありがとうございます」

お茶を飲み、ふうと一息ついて、クリストファー君はソフィを見た。

「……広告には怪我を負った経緯を正直に、と書いてあったのですが」

「はい」

「覚えていないのです。赤ちゃんの頃の怪我だったので」

「なるほど」

「又聞きでも、大丈夫でしょうか？」

「ごめんなさい、わからないの。今日試してみてもよろしいかしら」

「もちろんです。できれば消したいんです」

そうして彼は少し語りにくそうに語り出した。


クリストファー一二歳。

自分が両親と血のつながりがないことを知ったのは、一〇歳くらいのことであった。

クリストファーの家は父が大工、母が布織りをする職人夫婦。

ふたりとも朝早くから働いている。裕福ではないけれど、ひもじくなるほどの思いをしたことはない。

「三年前くらいから隣の家のおじいさんが、その」

「ええ」

言葉を選びうまく出てこず、頭に手をやりそれを回そうか回すまいか悩んでいる。

ソフィは察した。

「お年を召して、少しものの覚えがお悪くなったのね？」

「はい。とてもしっかりしたおじいさんだったのに、急に」

「長生きをすれば誰にだって起きることだわ。きっとご本人が、一番お辛いでしょう」

「はい」

ほっとしたようにわずかに微笑む。きっと彼は、そのおじいさんのことが好きなのだ。

「学校から帰ったらこう、壁のところに手をついて苦しそうにしておられたので、お声をかけて肩を支えました。そうしたら僕に、『ハンス、あの子は元気か』と尋ねられまして。ハンスは父の名前なので、ああ、父と間違っているんだなと思いましたけれど、違うよと言うのもなんだかかわいそうに思われましたから、『はい、元気ですよ』とお答えしました」

ソフィは微笑む。優しい子だ。やわらかくて、細やか。

「『なさぬ仲なのにあんなにいい子に育てて。お前たちはいい夫婦だなあ』とおっしゃいました」

「……」

おじいさん、アウト。

クリストファーの目に、じわじわと涙が浮かぶ。

「家に帰って父に言いました。今さっきこんなことを言われたよ、と。笑って。きっとおじいさんの勘違いだと思いましたから」

「なるほど」

「父の顔が一気に赤くなって、手に持っていた水差しを派手にぶちまけて。……父は嘘がつけない体質なのです」

お父様も、アウト。

骨の浮いた白い指が、継ぎのあるわずかに短いズボンを握り締める。

「僕も前から、似てないなあ、とは思っていたんです。父は立派な体格だし、母も女の人にしてはがっちりしていますので。どうして自分だけこんなにひょろひょろで生白いのか、一人だけこんなもじゃもじゃ頭なのかって不思議でした。……母方の親戚が事故で亡くなって、生まれたばっかりの赤ちゃんだけが残されて。父と母には長年子どもができなかったから、赤ちゃんの僕を引き取ったらしいんです」

ぼろぼろと涙が溢れる。思わず手を伸ばし、もじゃもじゃをなでなでした。やわらかい。

「すいません男のくせに。ええとなんだっけ、ごめんなさいお話がばらばらになりました」

「お気になさらないで。お話しになりやすい順に、ゆっくりでいいのです」

「ありがとうございます。ああ、傷のことだ。僕が引き取られて、最初は本当の赤ちゃんで、なんていうのでしたっけ、あのころりと転げるあれ」

「寝返りでございますね」

「あ、はい。それもできないくらいの赤ちゃんだったらしいのです」

「生まれたてホヤホヤですわ」

「はい生まれたてホヤホヤ。それからちょっと大きくなって、家中をはいはいしていたらしいのです」

「はいはい」

楽しくはいはいしていた赤ちゃんは、ある日突然本能に従って立ち上がった。

赤ちゃんなんてそんなものである。ただ誰にとっても不運なことに、その日そこにちょうど、できたてのスープの鍋が置いてあった。

それが『熱い』なんて赤ちゃんは知らなかった。触れ、それはひっくり返った。

「あたりの家中に響くような大声で、母は叫んだらしいのです。普段はすごくどっしりしていて強くって、ちっとも慌てたりしない母が。ほんのちょっと、風で開いた扉を閉めるためにほんのちょっとの間、そこに鍋を置いただけなのにって」

事故は起こる。本当に一瞬の隙をついて。

「どうしよう、どうしよう。ああ、あたしが親じゃないからだ。あたしが親じゃないからだ、あたしがクリスの本当の親だったら、こんなひどい失敗絶対にしやしないのにって」

「……」

「狂ったみたいに泣きながら僕に水をかけて。かけられすぎて僕が危なく溺れそうなのを父が、クリスが死んじまうやめやがれって、床を三枚踏み抜きながら必死で止めたらしいです。うちの床はそこだけ新しいんだ」

少し照れたようにクリストファーは笑う。そっと肩を押さえた。

「今でも、これを見るたびに言うんだ。あの日、スープなんて作らなきゃ、一瞬でもあんなところに置かなけりゃ、こんなことにならなかったのにって。僕は男だから、体にちょっとした痕があるくらいなんてことないのに。気にしすぎなんです」

「傷跡を拝見してもよろしいですか?」

ちらっとソフィを見て、少年はもじもじした。

「恥ずかしいなあ」

照れながらもシャツを脱ぎ、背中を出した。白いなめらかな肌の肩の部分が一部だけ赤い。

「どうってことないでしょう？」

振り返りながら肩越しに言う。確かに色は薄い。ちょうど手のひらくらいの大きさだった。

「やってみます。クリストファー様は、これを消してしまってよろしいのですね？」

「はい。消せるならお願いします。僕はもう、母に謝らせたくないんです」

「そう」

「はい。自分の子でもない子に、いつまでも、悪いな、悪いなって思わせたくない」

「……」

少年は窓のほうを向き俯いている。白い背が、ソフィの前にある。

「こんなパッとしない……足も遅くて、すぐにおなかが痛くなっちゃって。弱くて、いじめられっ子の情けない子のことで、いつまでも母さんを苦しめたくない。……治ればきっと喜んでくれる」

「……」

「魔法で顔をかっこよくしたり、足を速くしたり、力を強くしたりはできないですよね。できたらよかったなあ。きっと喜ぶのに」

「……」

「性格も明るくして、話も面白くなればいいな。みんなの人気者だ。そんな子だったらきっと父さんも母さんもきっと鼻が高いや。……ああ、でもそうなっちゃったらもう僕じゃあないな」

薄い背が震えている。手で必死で顔を拭っている。

「何か、悲しいことがありましたか？」

「……また、準備試験の点が下がったんです。何遍も何遍も繰り返し解いた問題が、せっかく、ようやく出たのに。変に緊張して、応用の前の手前の簡単な足し算のところで間違って。家でなら絶対に解けたのに。馬鹿みたいに緊張して、試験のときに限って大事なとこで間違うんだ。試験が近づくと眠れなくなって、始まるとおなかが痛くなって。弱いやつだ。意気地なしだ。本当に情けないやつなんだ僕は」

嚙み締められた唇の横を、涙が滴って落ちる。

「僕が頑張ってできるのは勉強だけだったから。あの学校に受かったら、きっとふたりとも喜ぶと思って必死で勉強したのに。偉くなって、楽させてあげられると思ったのに。……よその子だけど、育ててよかったなあって、きっと思ってくれると思って、頑張ったのに。僕ってのは、本当に……いつだって、何をやらせても、駄目なんだ」

こらえながらぶるぶる震える、赤い跡の残る少年の薄い背をソフィは見る。

ごしごしと顔を拭うその指の爪が異常に短く、ぎざぎざになっているのを見る。無意識に、嚙んでしまうのだろう。

親は子のことを思っていて、子は親のことを思っている。

こんなに互いを大切に思い合っているのにすれ違う。不思議なものだ。

『生まれるべきではなかったわ、あなたは』

そう自分に言い、己を消そうとした自分に、自分にできることはないかと探し必死に頑張ったこの子の一生懸命を、怒る資格はない。

ソフィはクリストファーが脱いだシャツを手に取り、継ぎの場所をそっと撫でた。

「……きれいな縫い目」

「……」

ぱちくりと目を開き、じっとそこを見る。すんと鼻を啜《すす》る。

「大事に着ているけど、どうしても肘のところが薄くなるんです。こすれちゃうから」

「ええ。お母様はきっと、新しいのを買ってやりたいと思いながら、一針一針、ここを縫ったのだわ」

ここをこんなにも丁寧に縫った人をソフィは想う。

もう、おかあさんおかあさんと後ろをちょこちょこ追ってくる子どもではない。大人になりかけの、大きくなってきた息子。もうすぐ自分の背を追い抜くだろう息子に、一針一針。

勉強して、上の学校に行きたいと夢を持って頑張る息子の背を、どう励ましてやったらいいのかわからないまま、じっと見つめて。

どうか息子の夢が叶いますように、きっとあの子の頑張りが報われますようにと祈りながら、一針一針。自分が子どもにできることの残り少なさを噛み締めながら。ちくちくと。

「お隣のおじいさんは、どうしてクリストファー様をお父様と思い違ったのかしら」

「それは……」

悲しそうに眉が下がる。彼は自分が悲しいときでも、やっぱり優しいのだ。

「ええ。でもまったくの他人とではなくて、あなたのお父様と取り違えたのでしょう?」

「……」

「きっと、そのときのクリストファー様の何か。仕草や口調、声のかけ方。肩の優しい支え方が、お父様に、よく似ていたのではないかしら」

「……」

ソフィは笑う。

「家族って不思議ね。ずっとみんなで同じ場所にいて、同じものを食べて。泣いたり笑ったり怒ったりしているうちに、だんだんに癖や口調、習慣が似てきて。誰かが弱ったときは大切にしたくて、頑張っていたら応援したくて、嬉しいと自分まで嬉しくなる」

もう一度、丁寧な縫い目を撫でる。

「立派じゃなくたっていい。一番じゃなくていい。元気で、生きていてくれたらそれでいい。何か楽しいことがあって、笑っていてくれたら、もっと嬉しい」

「……よその子でも？」

「よその子じゃありません。あなたはお父さんとお母さんの子です」

「……」

「あなたはずっと、小さなホヤホヤの頃からお父さんとお母さんの大切な子。熱いスープを浴びた子に半狂乱になって水をかける人が、床を踏み抜きながらそれを止める人が、あなたの親じゃなかったわけがないじゃない」

「……」

じっと彼は考え、瞬き、そっ、と肩を撫でた。

「お姉さん」

「はい」

「……本当は僕、これまで、これのこと、ちょっとだけ嬉しかったんです。これがここにあるのは、赤ちゃんのときから僕がうちにいた証拠だから。見るたびに、母さんが僕のこと心配してくれるから」

「ええ」

きゅっと唇を嚙み締める。

「でも、母さんはやっぱり、見るたびいつも、すごく悲しそうなんだ。これからもずっと、やっぱり見るたびに後悔する。なんであのときあそこで、簡単なことを間違っちゃったのかなあって、ずっと。間違いなんて、誰にだってあるのに」

「ええ」

彼は顔を上げソフィを見た。なんだか入ってきたときよりも大人っぽく、男らしくなった気がする。

「消してくださいソフィさん。僕はこれがなくて大丈夫。いつまでも小さい子みたいに心配されてちゃだめだ。僕は男だし、もうほとんど大人だ」

「あら」

「だって今日僕は、自分で広告を見つけて、自分でお手紙を書いて、一人でここに来たんです。すごいでしょう」

「ええ。字もとてもきれいで、丁寧で、立派でした」

嬉しそうに彼は笑った。

「見るからに立派なお屋敷だし、広告には化物って書いてあるし、もしかしたら天井につくくらいに背の大きいお姉さんや、部屋いっぱいに太ったみたいなお姉さんがドカンといるかもしれないと思ったけど、頑張って逃げずに来ました。偉いでしょう」

「ええとても。ドカンの具合がご期待に沿えず申し訳ありません」

「いいえよかったです。おやつもすごくおいしかった。つまり何が言いたいかというと僕は本当に大丈夫なんです。……それに、これはやっぱり、母さんにとっては大昔にうっかり一度だけ失敗しちゃったときの、成績表なんだ。もっといいときがいっぱいいっぱいあったのに、こればっかりがずっと目の前に張ってあったら、母さんがあんまりにもかわいそうだ。失敗した試験のことなんて忘れちまえって、落ち込んでいる僕に母さんはいつも明るくそう言います。僕だって一度くらい、母さんにそんなふうに言ってやりたい。ソフィさん。お願いします。これを消してください」

「わかりました」

ソフィは微笑んだ。

目の前の産毛の生えた白い背中に、手のひらをかざす。赤く広がる痕を見る。

これが消えたらどうなるだろうと想像する。

きっと泣きながら笑って、きっとそれでも母親は言う。あのときスープ、ごめんねと。白くツルツルになったここを撫でながら。

『いたいのいたいのとんでいけ』

生まれたてのやわらかな肌に痛々しく残った傷跡を、泣きながら撫でたお母さんの苦しみも。

『とおくのおやまにとんでいけ』

そんな悲しそうなお母さんを見つめるこの優しい子の悲しみも。

我が子のために必死になって叫び叫ばれた思い出だけ残して、きれいに消えてしまいますように。


やがて首をひねってそこを見て、嬉しそうに子どもの顔で彼は笑った。

「ありがとう」

「どういたしまして」

服を着て立ち上がり、重たい荷物を大切そうに肩にかける彼に、ソフィは問いかける。

「お勉強は続けるの？」

「はい。なんでかさっき、急に思い出しました。学校のことを調べた中に、すごく気になる受けたい授業があったこと。星の研究をしている先生で、研究の仕方がすっごくすっごく面白くて」

彼は白い歯を零し、屈託なく笑う。

「なんで忘れてたのかな。これからはあの教室にいる自分を想像して、勉強してみます。受験のためだけじゃなくて、少し先、そこに自分がいられるために。きっとそっちのほうが、ずっと楽しい」

「そう」

「もう今日は帰ったら母さんにこれを見せて、ついでに言っちゃうんだ。僕がもう知ってるってこと。そんなの関係ないよって。きっと母さん、いつ言おう、いつ言おうって悩んでるはずなんだ」

「そう。お父様からは何もおっしゃっていないのかしら」

「多分言ってないはずです。あの日男の約束をしたから、聞かれない限り、多分」

「何か感づかれて問い詰められていないと良いのだけど」

「はい。嘘がつけないから」

二人で笑った。

「あ」

「なあに」

「僕の裸を見たことは、忘れてください。僕の未来のお嫁さんに悪いので」

彼が真面目な顔で言うので、ソフィも真面目に頷いた。

「ええ。産毛の生えた白くてきれいな背中などわたくし見ておりません。きれいさっぱり記憶から消しておきます。約束ですわ」

「お姉さんのエッチ」

「なんのことかしら」

目を合わせ、あっはっはと笑って二人は別れた。

後日、質素な便箋に丁寧に書かれた、彼の母親からの手紙が届いた。

一通。治った傷跡に、家族全員で泣いたこと。あの日夫と息子とよく話をして、やっぱりみんなで泣いたこと。

冬の終わりにもう一通。息子が無事、かねてより志望していた学校の試験に受かったこと。

男の子は、急に大人になる。きっともう彼はソフィの知る彼とは別人みたいな顔で、新しい制服に身を包んで笑っているのだろう。

それでもあの日の少年が零した人を想う綺麗な涙を、産毛の生えた震える白い背を、書く人がこらえきれなかったのだろう涙で字の滲んだ手紙を撫でながら、ソフィはときどき思い出している。

女優スカーレット

『スカーレット　女優　三〇歳。顔の傷を治してほしい』

大人の女性のために、今日のテーブルは茶と紅をベースにエレガントに。ベリーがころりと控えめにのったシンプルなケーキに、赤の薔薇を添えて整えてある。

りん　りりりん

軽やかなベルの音とともに扉が開く。

扉から透明な人が現れた。そんなはずがないとソフィは目を擦《こす》った。

音なく空気を揺らすようななめらかな動き。洗練されとても美しいのに、受ける印象は静かそのもの。透き通り色のない、不思議な存在感。

光に透ける豊かな銀色の髪は先まで整い編み上げられ、後れ毛が揺れている。

その身を形作るすべてのパーツが整っている。それなのに、印象が恐ろしく透明だ。

「スカーレットと申します。初めまして」

声の質と発音が美しい。一つ一つ明瞭ではっきりと耳に届くのにうるさいと感じる尖《とが》りはなく、極上の布を重ねたような厚みと弾力がある。

「……ソフィ＝オルゾンと申します。本日はどうぞよろしくお願いいたします」

彼女が礼をした。丁寧で、やっぱり静か。どこかひんやりとした氷のような印象を受ける。

顔には厚いベールがかかっている。わずかに覗く唇は淡く色付き、隠されているせいで逆にその先が気になって仕方がない。

ぐいぐいと意識を持っていかれる。この人は氷の女王様だわ、とソフィはため息をつき、頰を押さえた。

「ぼんやりと見とれてしまい申し訳ございませんスカーレット様。なんて不躾《ぶしつけ》なこと」

「いいえ。嬉しいわ。ありがとう」

微笑む彼女に椅子を勧め、茶と菓子を勧める。

ティーカップを持ち上げるその手。フォークを操るその指さえ、思わずじっと見てしまう不思議な引力がある。ふふっと彼女が笑ったような気がした。

「女優スカーレット。ソフィ様はご存じかしら」

「あまり舞台を見に行くことがなく。不勉強で申し訳ございません」

「いいえ。舞台好きでもあまり知る名前ではないと思うわ。お若い方ならば特に」

指がベールをさっと取る。その動きさえ芝居の一幕のように、ソフィは感じた。

そこに現れた顔。すべてのパーツが一つずつ整い控えめに色づいていて、特に目が印象的。吸い込まれそうな、宝石のような紫だ。

唇から予想される美しさをまったく裏切らない完璧なパーツと配置だった。女の子が憧れる高価なお人形のようですらある。その象牙のようななめらかな肌が、ずたずたに切り裂かれてさえいなければ。

明らかな悪意を持ってこれでもかとばかりに顔だけを縦横無尽に走る、古傷の跡。ぼこぼことした凹凸がその表面を覆っている。

「……」

「何も包み隠すことなく、お話しさせていただくわ」

舞台が始まった、とソフィは思った。ソフィのサロンで深紅の幕が開く。


スカーレットの母は元女優だった。

狭い部屋の一角に宝箱のような箱があって、そこには母が現役時代にファンから贈られたのだという宝物がぎっしりと詰まっていた。

母子二人であることを、スカーレットは疑問に思ったことはない。ただ母が夜になるといなくなってしまうのだけが寂しくて、母に何度も家にいてほしいとお願いした。

『仕事だから』と母は言った。

『女優のお仕事？』と娘は聞いた。

こくりと頷き母は静かに言った。『ええ。恋人を演じる女優のお仕事』と。

母がなぜかどこかが痛いような顔でそれを言うので、スカーレットはだんだん聞かなくなった。

絵本を読み聞かせる代わりに、母は演じた。数々の物語が目の前で鮮やかに編み上がるさまを、スカーレットは目を輝かせて見つめながら育った。

古びた狭い部屋は大海になり、城になり、砂漠の国になった。

甘やかな恋が、わくわくするような冒険が、おどろおどろしい恐怖が、幕が上がるたびにそこに現れた。

スカーレットが八歳のとき母は死んだ。『痴情のもつれで殺された娼婦の子』と、スカーレットは周りの大人たちに言われた。

母が世界一の大女優であることを疑わなかったスカーレットは、『孤児院』に連れていかれる前に母の宝物をどこかに隠さなくてはと思った。

箱は空だった。ただ一枚母の絵姿を描いた紙が、底に張りつくようにぽつんと残っていた。

「少しずつ、売ってしまったのでしょうね。私にとっては世界一美しい、最高の母だったけれど、歳が歳だったから。……薹《とう》の立った娼婦に、子どもを寝かしつけてからの少ない時間で得られるあがりは、そんなに多くはなかったと思うの」

「……」

この人から『薹』『娼婦』『あがり』という言葉が出ると違和感がすごい。

母を世界一の大女優と思って疑わなかった純粋な少女は大人になり、もうこの世の現実を知っている。


スカーレットは孤児院に入った。子どもと厳しい大人ばかりでなんにも楽しくないなと思っていたスカーレットの前にそれは訪れた。

「劇の発表会があったの。忘れもしない。リリスの魔法使い」

「主役を?」

「ええ」

ゆったりとスカーレットが微笑む。紫の目と目が合うとどきりとする。

「台詞《せりふ》なんて覚える必要もなかった。知っている話だもの。すらすらと口から出たわ。普段しゃべらない私が急に仕切りだして先生たちはびっくりしたでしょうけど、別段注意はされなかった。子どもたちも不思議に私の言うことを聞いてくれた」

静かなのに強い、不思議な引力。この力の前に、人々は抗《あらが》う気力すら出なかったことだろう。

「劇は大成功。拍手が鳴りやまない中、私は舞台の中央で腕を広げそれに応えた。なんの疑問も持たず」

両手を広げ、胸を張る。きっとその小さな女優は大人びた静かな顔で微笑んでそれを受けたことだろう。

「ある劇団から、『私を引き取りたい』と申し出があったと先生に言われて。もちろん受けたわ。なんの疑問もなく。当然で、必然だと思った。やっぱり自然に道ができたと思った。私の前にその道ができるのは、私がそこを歩くのは当然だと思った」

彼女がそう言うとそんな気がする。誰でも彼女に道を譲り、歩む彼女を息を呑んで見守りたくなるだろう。静かで透明。無言でその場の空気の支配者になってしまう、人を惹きつける天性の才。

「子役から始まり、とんとんとんと看板女優になった。一読みすれば台詞が頭に焼きつく。どう動けばその場面で一番に映えるか誰に言われるわけでもなくわかる。幕が開けば観客の目は一斉に私に向けられ、私の言葉で舞台の空気が動く。ずっとそうだったわ。そしてやっぱりそれに私はなんの疑問も感じなかった。そういうものであると思っていたわ」

控室は個室。夏は氷が置かれ涼しく、冬は炭が置かれ暖かい。専任の化粧係がつき、衣装はいつだってやわらかく、体にぴったり。

皆がスカーレットに役を与えたがった。自分の脚本のヒロインを演じてくれと熱望した。

押しも押されもしない看板女優。スカーレット＝ディートリヒは氷の女王様のように輝いていた。

スカーレットの白く美しい手が、その頬をそっとたどった。

「二〇歳の、その日まで」

「……」

劇中に声を挟むのは無粋な気がして、ソフィは息を呑んでいる。

「リディドラの魔女。ご存じ?」

女優に語りかけられたのでソフィは答える。

「はい。ジョン＝F＝コールテンの大長編。ページをめくる指が震えるほどの、奥深く美しい、瑞々《みずみず》しい物語。長年これを密かに編んだのが、まさか六〇代の無口な時計職人だなんて。一〇〇年経っても少しも色褪せることのない、名作中の名作ですわ」

「ええ。彼こそ天才だと思うわ。永遠を生きる孤独な魔女が縦糸になって紡ぐ、悲しくも美しい人々の愛憎劇。私、あれが大好きなの。いつか私は主役オハラを演じると思っていた」

「当然に」

「ええ。必然に」

ソフィとスカーレットは微笑み合う。

「一〇〇〇年の時を生きる永遠の少女、魔女オハラ。あの美しい物語の主役を演じられる女優を、著名な脚本家が自分の最後の作品にするために探していると聞き、私は飛び上がった。文を出し呼ばれ、彼の前で魔女オハラを演じた。演じ終え彼を見た。当然、やってくれと言われると思って」

ソフィは言葉を待つ。スカーレットは気難しい老紳士の仕草で首を振った。

『浅い』

「……」

それだけ言って部屋を出ていく、頑固な脚本家の背中が見えた気がした。

今、色がついた。とソフィは思った。透明な彼女に、老紳士の潔白すぎるほどの白色と、灰色が。

「……そこからは、もう無我夢中だったわ。彼につながる道を探し、似たような魔女や人外の役ばかりをより抜いて演じた。当時の私は人気絶頂。望めばたいてい、どんな役でももらえたわ。次から次へと私は自分がやりたい役を望み、演じた。今他の誰がやっているどんな役だって、私が演じたほうが役にとっては幸せだと信じて疑っていなかった。物語の人物の心は考えても、生きた人の心は、少しも考えていなかったの」

女優スカーレット＝ディートリヒが控室で別の女優に顔を滅多刺しにされて瀕死《ひんし》になったのはその年だった。

長年演じ続けた愛する役を自分から奪い、心情の理解もせずに演じ、彼女という人を殺したことを絶対に許さない。彼女はずっと、ずっと舞台の上で生きていたのに！　この人殺し！　人殺し！　人殺し！　と、半狂乱のその女優は髪を振り乱し血まみれで、泣きながら叫んでいたという。

「……」

「……」

そっと頬をなぞる。

「生きていたこと自体が奇跡だった。すごい量の血で、控室は血の海だったそうよ。今ではそこは呪われた控室として封鎖されてるわ。女の泣き声が聞こえるんですって。死んでいないのに」

「人の疑心が生んだ、怪異でございますね」

「ええ。あるいはあれは、彼女の泣き声なのかもしれない。彼女は裁きを待つ前に、自ら毒を飲んで亡くなったの。もともと病気だったそうよ。限りある命を燃やすように演じていた役を、私は自分のために奪った。ひょっとすると私がこの顔で生きている限り、彼女もまた、消えられないのかもしれない。これは私と、彼女の罪の証。愛する役を演じることに己のすべてを捧げてしまって人の道を外れた、愚かな女優二人の狂気の爪痕」

「……」

「彼女には一言言いたかったわ。私はあの役を殺していないって。心情に関する解釈の違いを、できるならばこの世で最もあの役を愛しただろう彼女と語り合いたかった。もう、できないけれど」

しんと凍ったような瞳に涙はない。

「目が覚めて、この顔の傷を知った。それまで私を取り巻いていたすべての華やかなものが私の周りを去った。一年、ぼんやり過ごしたわ。お金はあったわ。使い方を知らなかったから」

ほとんど帰ることのなかった自分の部屋で過ごした。ある日陽《ひ》の光が眩しかったので窓を閉めた。閉め残った窓から差し込む一条の光に、部屋の隅に置いてあった箱が照らし出された。

「蓋を開けた。華やかな宝石、衣装。その奥にこれまで演じた数々の演目の台本。まだ演じていない、演じたい役の本。手に取ったのは、『リディドラの魔女』」

「……道のない物語」

「ええ。自分で道を作らなくては永遠にたどり着かない物語」

そっと、長いまつげが重なる。

「当然女優なんて続けられるはずがないと思った。でもやめられなかった。もちろんこんな顔の女優に、望んでも役なんか来なかった。諦めて他の道へ行くべき。わかっていたのにできなかった。物乞い役、老人役、醜女役、化物役。かつてのつてをたどって、どんな役でもやった。台詞がないことも、名前が広告に載らないことも当然だった。控室なんかない。衣装のサイズなんか合わない。舞台に出ても誰も自分のほうを見ない。……なんだか新鮮だったわ」

誰よりも美しかった、二〇歳の看板女優。失われた美と栄光。語られているのは悲しいことのはずなのに、そこには先ほどまでは感じられなかった、演じる喜びと熱が満ちていた。

彼女の指が、光を受け取るように動き広がる。

「たった一行の台詞をもらえたことが、嬉しくて嬉しくて。何度も何度もそれを読んだ。誰も助言なんかくれない端役の動きを幾通りも考えて、その前後と登場人物の心情に、どれがふさわしいだろうかと考えながら何回だって演《や》ってみた。もう光が私に当たらないことは知ってる。でも私は舞台に立っていたい。私は女優だから。いいえ私は演技が好きだから。本当に、大好きだから」

光が彼女を取り巻き、きらきらと光っている。

氷の女王様は人間になった。その美を失うことで。当然だった称賛を失うことで。己の手足であがき、もがき、己の情熱でその場所に食らいつくことで。

『あの化物役は怖い』『あの老人役は誰だ』と少しずつ注目されて。もちろん、耳に届くのはほとんどが嘲笑だったけれど。あのスカーレットが、と笑われても、何一つ構わなかった。私がそこにいるのは当然だから。私はきっとこのために生まれたから。私はそこでしか生きられないから」

道を、彼女は編んだ。

こつこつと。地道に。自分の力で。

「……一〇年。ずっと名もないような役でも、それでいいと思いながら続けたわ。最低限でも、生きられるだけの稼ぎがあればそれでいいと。私は舞台でしか、息ができないのだから。演じることが私の人生なのだから。かつて演じた役柄の台本を引っ張り出して一人部屋の中で演じ直した。これで当然だと思っていた解釈が、さまざまな解釈のうちの一つに過ぎなかったのだと気づいた。私はなんてもったいないことをしたのだろうと思った。でも戻れない。舞台はその日限りのもの。その日の明かり、温度、観客の空気、演者のすべてのうちのたった一つずつが重なって作られる、その瞬間だけの奇跡なのだから」

物語のクライマックスを息を呑んでソフィは待っている。もちろん、最高の形の。

そんなソフィを見てふふっと彼女は笑う。血の通った、美しい人の顔で。

「こだわり深い頑固な脚本家は、呆《あき》れるほど頑固だった。一〇年以上の時が経っても、彼はまだ自分の理想の魔女を追っていた。もうすべての人が彼を見放して、付き合いきれないと去っていっても」

彼女が立ち上がる。今日彼女は深い紺色の服を着ていた。なぜか今までソフィはそれに気づいていなかった。

そっと花瓶から一本薔薇を抜き扉の前に立ち、女優はぴんと背筋を伸ばす。透明だった彼女の色は、瞬間濡れたような黒に変わる。

つ、と彼女が視線をやっただけで、そこがとても開けた広い場所であると知れる。わずかに寄せられた眉に煙のにおいを感じ、転がるものを避けて歩くいかにも歩きにくそうな足取りに、地に多くの、人くらいの大きさの何かが落ちていることが知れる。

地に突き刺さった重みのありそうな長いものを取り、投げ捨てる。

乾いた場所。死臭溢れる黒い場所。戦いの終わった戦場、転がる死体の山。

そして右手に薔薇。これは三章の、黒のシーンだとソフィは気づく。

どの時代になっても結局殺し合う人の愚かさを、瞳に悲しみを宿し魔女は見つめる。

魔女オハラが魔女になってから一度だけ愛した人間。権力も金も持たない、情熱しか持たない青年だった男の遺体を、戦場で探すシーン。

オハラを人間と信じ、愛に応えてくれない彼女に青年は勘違いをする。自分に名誉も、金もないせいで彼女は自分の愛を拒むのだと。

彼の前から突然に姿を消した彼女に彼は絶望し、やがて青年期を過ぎ別の女性と家庭を持ち、子を成す。それでもくすぶるように残る出世欲に燃え立場を上げたもう若くはない彼は、首を失い敗戦の戦場に転がっている。

彼を見つけたのだろう。彼女は足を止めた。手の中の薔薇を、魔女は死したかつての青年の胸に挿す。

『愛に応えてくれるならば』

青年はかつて言った。愛する女に。

『その一〇〇本の薔薇のうち、貴方が最も美しいと思う一本を、どうか僕の胸に』

頬を彼の胸に寄せ、離し、そこに赤色の愛を残して、彼女は戦場を去る。

黒い黒い、動くもののない戦場。一輪の枯れ色の赤だけが静かに、そこに揺れている。


魔女オハラが作中で唯一見せる、人の血に濡れ乾いた愛のシーン。台詞はない。愛おしむ手つき、切なく悲しげな目の動き、唇のわずかな動きだけが、普段感情を見せぬ彼女の心を如実にそこに表す。

涙が溢れていた。オハラは、こんなにも強く彼を想っていた。

生きる時間が違う故に応えられなかった、身を引いた、彼の人生を想うからこその深い愛。彼女の凛とした覚悟の孤独が胸に迫り、こらえられない。

ハンカチを取り出しソフィは涙した。

目を上げれば戦場は消えていた。きっと狭い部屋。老紳士が立っている。右手を差し出す。

「『……見つけた。私のオハラ』」

「……」

ソフィ、涙、涙。声を上げてしまいそうになり必死で胸を押さえた。

女優がそんなソフィを見て微笑んでいる。優しい顔で。

「申し訳……ございません。なんてこと」

「いいえ。嬉しい。本当に」

ソフィの肩を、白く美しい手が撫でる。

「一度も目を逸らさずに私の顔を見てくれて、話を聞いてくれてありがとう。化粧で厚塗りすればいいだろうと言われたけれど、オハラは永遠の少女。こんな傷を隠すほどの厚塗りの化粧は彼女には似合わない。今度こそ私のすべてをかけて、全身全霊で彼女を演じたい。どうかこの傷をなくしていただきたいの。お願いできるかしら」

「はい」

息を落ち着けて、ソフィは返事をした。

「やってみます」

ソフィは手のひらを彼女の顔にかざした。

きっとこの傷がそのままでも、どれほどの厚塗りでも、彼女の演技がその違和感を消すだろう。でも彼女には何も考えず、その演技に集中してほしいと思った。透明で真剣なその思いに、余計なものは何もなくていい。

『いたいのいたいのとんでいけ』

天才。生まれながらの大女優。

天上の衣で天を飛んでいた女性は地に落ちて、それでも再び舞い上がった。己の羽根で。

『とおくのおやまにとんでいけ』

飛んでいけ。どこまでも高みに。

その演技は物語を広げ、きっとたくさんの夢を、人々に与えるから。


光の消えた場所に、美しい女性が現れた。

透明で静か。だからこそ何色にでも染まり、どんな役柄も演じられる、天才女優。

鏡を見、一筋涙を落とし、彼女は微笑む。

「まだ先でしょうけど、公演が始まったらあなたにチケットを送るわ」

「……いいえ。きっと行かれません。もったいない」

「その頃には治っているかもしれない」

「……」

見つめ合う。

そっとやわらかくなった自分の頬を、彼女は撫でる。

「起きるはずがないと思っていた奇跡が起きて、跡一つもなくきれいに。私がそうだったように」

「……」

「この紙は幻。書いてあるのは夢物語だと思っていた。私はありもしない幻の妖精を信じて追う滑稽な愚か者だと。……信じれば、奇跡って起こるのね。ありがとう」

紫の瞳から落ちる透明な涙を、美しいと思いながらソフィは見つめた。

薔薇の中から一本抜いて、彼女は微笑みながらソフィに手渡す。

「あなたに、あなたの奇跡を」

そうして幕は下りる。


役者の消えたソフィのサロンに、一人。

どんなに拍手してもカーテンコールはない。主役は次の舞台に進むから。

押し花にして、しおりにして、きっとリディドラの魔女に挿しておこうと思いながら、ソフィはそっと薔薇を撫でている。

✶

「ソフィ様、クルト＝オズホーン師がお見えです。お通ししますか」

慎重な作業中のソフィは手を止めて顔を上げた。

「ええ、お願い。ところでマーサ、先日の件は」

前回オズホーンが現れたとき、先ぶれがなかった件である。マーサが眉を寄せ険しい顔をした。

「若いメイドが白状いたしました。あの日はユーハン様に税のことで役人の来客予定がありましたが、メイドがそれとオズホーン師を取り違え玄関を通したのです。かの方は止める間もなくソフィ様のサロンにすたすたと進んでいったそうで。大変な不始末をしでかし誠に申し訳ございません」

「いいえ、結果的に助かったのだから、気にしないで。お茶をお願いしてもいいかしら」

「はい、扉は」

「開けておいてちょうだい」

「はい」

「ソフィ嬢、失礼する」

やっぱりそう言って、四角い男は現れた。

ようやくきれいに乾いてくれた薔薇の二枚目の花びらをそーっと持ち上げていたソフィは、『どうぞ』と言って顔を上げた。

そこにあるのはいつも通りの少しの乱れもない、小憎らしいほどにきちんとした顔だった。

「本を返しに来ました」

「はい。少々お待ちくださいませ」

そーっとそーっと。花びらの形を崩さないように。

「おっと、くしゃみが」

「おやめになって」

「冗談です」

まさかこの人に冗談が言えるとは思わなかった。だが今は構ってはいられない。

きれいに並べて、上から薄い紙を引き、重しをのせる。仕上げまでやってしまおうかと思っていたが、来客とあっては仕方ない。約束がないとはいえ、相手は恩人である。

「お待たせいたしました。今お茶を」

「ありがとうございます。ところでそれは男性からの贈り物ですか」

「残念ながら違います。……美しい魔法使いから」

「それは羨ましい」

「そうでしょう」

ソフィは微笑む。あの深紅の幕を、あの愛の色をここで見られたのは、ソフィだけだ。

勝手にスタスタと進んで正しいところに本を戻し、オズホーンはソフィが勧めた椅子に腰かけた。

「どうぞ私のことはお気になさらず作業を続けてください」

「絶対くしゃみなさるでしょう」

「我慢します」

「そうですか？」

それじゃあ、と作業を再開する。仕上げの前。考えるところまで。

どういうふうに花びらを並べようか。見て、想像するのもまた楽しい。

にこにこ微笑むソフィを、オズホーンがじっと見ている。

「どうして女性は花が好きなのだろう」

「あら、お贈りになって女性を喜ばせたことがおありですの？」

「はい、ありません。父がよく母に。母は律儀なことに毎回とても嬉しそうに受け取っておりました」

「素敵なご両親ですわ。そうですね。どうしてかしら」

とりどりの色、その一つ一つの可愛らしさに心が弾み、和む。

枯れてしまうのは寂しいけれど、枯れたところを少しずつ取り除く過程だって切ないけれど楽しい。蕾《つぼみ》が開けば嬉しいし、香りを感じれば華やぐ。

子育てに似ているのかもしれない、と思う。傍にあってその成長を手助けし、花開くことを喜ぶその過程を女は楽しめる。

あるいはお化粧、衣装合わせにも。色や形の取り合わせを楽しむそのわくわくが。

思えば少し残酷かもしれない。野にあるものを切り取り、自室に移すのだから。

そう思ってから、女はつくづく残酷だわ、とソフィは笑った。それだけでは飽き足らず欲張りにもこうやって、咲き終えたあとまで紙の上で咲かせようとしている。

そんないろいろを考えて微笑むソフィを、オズホーンが黙って見ている。

「ソフィ嬢はどのような花がお好きですか」

「なんでもです。小さいのも、大きいのも。可愛らしいものも、華やかなものもみんな大好きです。オズホーン様は？」

「はい。皆一緒に見えます」

「失礼いたしました。そうでしょうとも」

ソフィは残念な気持ちでオズホーンを見た。

人の美醜すらわからぬこの方に、そんなことを求めるのが間違いであったと思いながら。

やがて茶と焼き菓子が運ばれてきた。なんという偶然か、焼き菓子の表面に花びらがあしらわれている。特別な一本の薔薇にうきうきしていたのがレイモンドにばれたかしらとソフィは思う。

「なんて可愛らしい。いただきましょう」

「花を好きなのに、容赦なく召し上がるのですか」

「こうなったらもうお菓子です。残したら失礼ですし、もったいないもの」

「実に現実的で、割り切っている」

「そういうものです」

オズホーンも今日は茶を飲み、菓子を食している。食べ物、食べるのね、とソフィは失礼なことを思った。

カチカチに見えても熱があり、心と感情がある。ソフィは先日学んだのに、どうしてもこの方を見ると、中で歯車でも回っているのではと疑いたくなる。ちょっと裏返して、パチッと開くところがないか確かめてみたいものだ。

「なんですか？」

「いいえ」

食べながら、ぽつぽつとたわいもない雑談をした。

先日街でお祭りがあったらしく、道が混んで難儀したという。

「暑い中、騒がしい人混みの中にわざわざ行くことのいったい何が楽しいのか、皆とても楽しそうでした」

「お小さい頃にはいらっしゃいましたでしょう？」

「はい。両親と。当時からこの人たちは何がそんなに楽しいのだろうと思っておりました」

「おかわいそう」

「何か」

「いえ」

「祭りはお好きですか、ソフィ嬢」

「……行ったことがありませんの。でもきっと行けたら楽しいと思います」

相変わらずこの男にはソフィの顔が見えていないらしい。

ソフィはこの世界の祭りを知らない。でもきっと、それはやっぱりにぎやかで、とても楽しいのだろう。

「そうですか。事前に知っていたらお誘いしたものを。残念です」

「本当に残念ですわ。暑い中何が楽しいんだろうと思っているお方と一緒に騒がしい人混みの中に行かれなくて」

「はい。残念です」

「ええ。残念ですわ」

本の話をし、茶を飲み、本棚の前で並んで新しい本を選び、最後にソフィをじっと見て、男は去っていった。

一人になったサロン。静かに座り直し、ソフィは静かに花びらを並べる。

人のざわめき、熱気。窓の外にはソフィが知らない、そんな騒がしくて楽しい空気が満ちているような気がした。

ダンサーイザドラ

ほんぎゃあ、ほんぎゃあ、と声がする。

普段の屋敷の中にはない可愛らしい生き物の必死な声に、女たちは本能のやわらかい場所を刺激され、ソワソワしていた。

「赤ちゃんですわね」

「赤ちゃんですわ」

りん、りん、りりりん

今日もクレアのベルが涼しげに鳴る。

『はらのせんをけしたい　イザドラ（一九さい・ダンサー）』

何か広告の端をちぎり取ったかのようなその質素な紙を、斜めにしたり近づけたり遠ざけたりしてようやく読み取った。封筒はなく屋敷のポストにむき出しのまま入っていたので、初めはいたずらか何かと勘違いして捨てられるところだったのだという。

こんなもの紙に張りついたミミズの死骸です。文とは呼びませぬとマナーに厳しいマーサはプンプンしていた。

そうだ。文を出すのにだってお金はいるのだと、ソフィは今更ながらに予約の方法を改めるべきかもしれないと考えていた。

返信先の記載がなかったため、その文に書いてあった日時に客人を迎えられるよう、今日もテーブルクロスを撫でている。

まったく相手の都合も考えないなんて、とマーサは引き続きプンプンしている。

穏やかに微笑む母が、硝子の花瓶に活《い》けた花の向きを整えている。

社長夫人のシェルロッタは、実は自身も有能な職業婦人である。茶や織物の買いつけに社長代行として乗り込み、値段を交渉し、卸先を開拓する。

数か国語を自在に操る才女であり、その美貌とやわらかい人当たりで相手の心をガッチリつかむ。シェルロッタが持ち込むものなら安心だという固定ファンも多いのだという。

今日はたまたま休みのため、『ユーハンばかりずるいわ』と、サロンの手伝いをしたいと申し出てくれたのだ。

「遅いわねえ」

「本当に悪戯《いたずら》かもしれませんね」

それならそれで女同士のお茶会にしましょうかなどと話しているときに、その声は近づいてきたのである。

現れた女性は、いきなり視界に入った艶やかな母に圧倒されたのか、部屋に入るなり硬直している。

呆然とシェルロッタを見つめるその女性の背中から、小さな手のひらが覗いた。

「痛ッ……！　こら！　だから髪引っ張んなっつーの！」

自らの手で赤子の伸びる手のひらを引き剝がしながら、女はゆらゆらと揺れ背中の赤ん坊をあやす。そしてシェルロッタの後ろにいたソフィの姿を認め。

「ひっ」

息を吞んで一歩下がり、背中の赤子を守るように両腕をバッと後ろに回した。

「驚かせてしまって申し訳ございません。ソフィ＝オルゾンと申します。これはうつりませんので、どうかご安心なさってください。イザドラ様でいらっしゃいますね」

ソフィはお辞儀をした。ウン、と頷くものの、まだ警戒しているようでイザドラの動きはぎこちない。

「痛《い》って！」

また髪を引っ張られたようで、イザドラが眉を寄せた。あらあら、と頬に手を当て何やら考え込んでいたシェルロッタが、イザドラに向けてゆったりと微笑む。

「ソフィの母で、シェルロッタ＝オルゾンと申します。イザドラさんさえよろしければ、わたくし別室でお子様のお世話をいたしますわ。このままではゆっくりお話もできないのではなくて？」

「え……」

不安そうに、だが少し救われたようにイザドラがシェルロッタを見る。

「大変な時期ですもの。夜などまともに眠っていらっしゃらないのでしょう？　お母さんにはお母さんをお休みする時間が必要ですわ。たとえそれがほんの少しの時間であっても。ゆっくりとお茶を飲んで、美味しいおやつをお食べなさいな」

自分の母のような年齢の美しい人に包み込むように優しくそう言われて、イザドラが涙ぐんだ。

お嬢ちゃま……あら失礼お坊ちゃまのお名前は？　おっぱいはいつ飲んだのかしら？　あらそうではすぐに寝てしまうかもしれませんねえとイザドラから赤子を優しく受け取り、やわらかく抱きとめ、顔を覗き込んでふふふと嬉しそうに笑う。

「赤子を抱くなんて何年ぶりのことでしょう。やわらかくて、いいにおいで。本当に愛らしいこと」

向かいの部屋の屋根のあるテラスにおりますわねと言いながら、クレアに新しい布団を出すよう命じて母は歌いながら消えていった。

「……迫力のあるお母さんだね」

「ええ、わたくし母の背にいつも薔薇の花が見えますわ」

偶然だね、あたしにも見えたよとイザドラが言い、二人でぷっと噴き出した。

椅子にどさりと座ったイザドラが、はあ、と息を吐いた。

重い荷物をやっと置いた、遠くから来た旅人のようだった。

赤い髪に赤い瞳。白い肌は寝不足のせいかくすみ、目の下にはぼんやりとしたくまがあるものの、それぞれのパーツの大きな、整った華のある顔立ちである。

ソフィはお茶を入れた。産後の女性によいと言われる茶葉は、母が事前に用意させたものだ。

「お疲れなのですね」

「ウン。疲れた」

はあ、と息をつき、髪をかきあげ。

「……いったい、何から話そうか」

そうして彼女は語り出した。


イザドラは物心ついた頃から、母と二人暮らしだった。

父が誰なのか、どこに行ったのか、イザドラは知らない。

日の当たらないじめじめとしたおんぼろ貸家の一室で、イザドラは育った。

「母親は酒場の酌婦だったよ。いつもくさい香水と、酒のにおいがした。あたしはなんにもしてなくてもよくはたかれて、あざだらけだった」

地域学校にも通わせてもらわなかったので、ただ食って、寝るだけの。

「犬みたいな暮らしだった」

イザドラの目が遠くを見る。

狭くひとりぼっちの家の中には遊んでくれる人もない。粗末な食べ物を食べ、痛みをこらえただ犬みたいに丸まって寝ているかつての自分を、彼女は憐《あわ》れむでもなく見つめた。

「何歳の頃なのかなんて数えてないからわからないけど、母親が家に男を連れ込むようになって」

よくもあんな家に男を呼べたものだと、イザドラは鼻で笑った。

「母親のいないときにそいつにやられそうになって、裸足で逃げた」

寒い冬の夜だった。

めったに外に連れ出されたこともなかったイザドラは、初めて夜の街を見た。

「世界に」

イザドラが生き生きと目を見開く。

腕を広げ、光を受け止めるような所作をする。

「色があることを初めて知った」

街灯が瞬いていた。

酔客のにぎやかな声があちこちから聞こえた。

初めて見る広く眩しい世界を、イザドラは怖いとは思わなかった。

なんとにぎやかで、なんと美しく。

なんて、華やかなことだろう。

中でもひときわ美しい音のする店に、イザドラはフラフラと吸い寄せられるように近づいた。

男たちが酒を飲みながら、一心に舞台を見つめている。

舞台では美しい女が、見たこともない艶やかな布を纏い、音楽に合わせて踊っている。

あれが母親と同じ生き物だなんて信じられない。

ここがイザドラがいたあのちっぽけな部屋と同じ世界だなんて信じられない。

「私はここに生まれなければいけなかったんだって思ったよ」

ここ。

この場所に。

明るく、色に満ちた騒がしいこの場所こそ自分のいるべき場所なのだと、強い確信を持って、小さなイザドラは世界を見つめた。

ふと、イザドラが苦いものを噛んだような顔で笑った。

「信じられる？　裸足のまま近寄って、そのまま舞台に上がっちまったんだ」

「まあ」

盛り上がった舞台に上がる、薄汚れた裸足の子ども。

先ほどのダンスの真似でもしているのか、おぼつかない足取りでフラフラと揺れる骸骨のような子どもに、男たちの怒号が飛んだ。靴を投げられた。

「そりゃそうだよね、もうすぐ美人のおっぱい見られる頃だってのに、汚ねぇ子どもに邪魔されたんだから」

「おっぱいの出る舞台なのですか？」

聞いたソフィにイザドラがお茶を噴き出した。手の甲で豪快に拭い、あはははと大きな声で笑う。

「酒場のダンサーなんて最後は素っ裸よ。おっぱいもあそこも見られるねえ」

「なるほど。殿方が夢中になるはずですわ」

あはははとイザドラがまた笑った。笑いすぎてその目には涙まで浮かんでいる。

「ああ、笑った」

こんなに笑うの久しぶりだ、と、ふっと寂しげに微笑んだ。


舞台から引きずり降ろされたイザドラは、用心棒の男たちに囲まれた。

家にいた男よりもずっと体格のいい男たちに、少女のイザドラはガタガタ震えながら縮みあがった。

『あんた！』

男たちの輪を破って、綺麗なドレスを着た綺麗な女が現れる。先ほど舞台で踊っていたダンサーだ。彼女が歩くたびに美しい衣装と、綺麗な長い髪が揺れる。

『よくも私の舞台をめちゃくちゃにしたね』

『すみません、すみません、すみません』

イザドラは両手で必死に頭を守り震えながら小さくなって謝った。

酔って暴力をふるう母に、いつもそう言えと言われた。イザドラが生まれてから今までで一番数多く口にした言葉。

生まれてすみません。

ごはんを食べてすみません。

怒らせてすみません。

気に障ってすみません。

生きていてすみません。

激昂《げっこう》するたびに母はイザドラにそう言わせた。

言っても言っても母の機嫌は治まらなかったが、言わないともっとひどくなるのでイザドラは繰り返した。

イザドラの顔を覗き込む女は眉を寄せていたが、不思議に、怖いとは思わなかった。

「なんでそうなったのかわからないけど、その人……アリアが私を洗って、スープをくれた」

『水が真っ黒だよ！　あんたはそこらの野良犬より汚いねえ』

呆れたように言いながら、アリアのやわらかい手のひらが、されるがままのイザドラの体のあざをそっと撫でた。

スープというのは塩気のあるお湯だと思っていたイザドラは、さまざまな野菜や肉の入ったものを目の前にして固まった。こんな美味しそうなにおいのする温かいものを、自分が食べていいのかと困惑してアリアを見上げると、顎をしゃくるようにして食えというふうにされたので慌てて食べて口の中を火傷した。

『家に帰りたいか』

食べている最中に問われてイザドラは一生懸命首を振った。

こんなにもさまざまな色を知って、光を知って、もうあの茶色いだけの部屋には戻れなかった。

わずかにアリアが眉を寄せた。

『親のない子は苦労するよ』

『……苦労したら』

イザドラは考えてから、目の前の美しい人を見つめて言った。

『あんたみたいに綺麗に、踊れるようになる?』

ふっ、とアリアが笑った。

『人の三倍くらい苦労すればなるかもね』

『じゃああたし、たくさん苦労する』

目の裏に焼きつく、光の中のアリアの姿を思い出して少女は目を輝かせた。

「アリアはそのあと店の婆と何か話して……ごうつくばりの婆だったからたぶん金も渡したんだと思うけど、私は次の日からその店の従業員になった。力もないし子どもだしで最初は役には立たなかったんだけど、飯はちゃんと毎日もらえたよ。給料はなかったけど、寝るための小さい部屋ももらった。狭くて汚かったけど、私にはすごいことだった。皿洗いとか、掃除とか、お運びとか、できることからなんでもやって、やりながら、見られる範囲でずっと舞台を見てた」

酒のにおいも、煙草の煙も、男たちの声も、昼夜逆転の生活もちっとも嫌じゃなかった。

美しい女たちが踊る美しい舞台を、小さなイザドラはじっと、見つめていた。

「店には専属のダンサーが一〇人いて、アリアはそうじゃなかった。結婚して一度は足を洗ったんだけど、旦那に甲斐性《かいしょう》がないから一晩いくらの契約でたまに踊ってたみたい」

でもアリアがずっと、一番に綺麗だった。アリアの娘になれたら一番よかったなあ、とイザドラは悲しげに笑う。

「働きながら見よう見まねで、私は踊った。一四になったら、舞台に立てるようになった。住み込みの従業員じゃなくて、専属のダンサーになったんだ」

いろんな女の人がいる。いろんな踊り方がある。

悲しげに踊る人、セクシーに踊る人、明るく華やかに踊る人。

「どうせ脱ぐんだからって、初めに素っ裸になるんじゃないんだよ。どう見せよう、何を感じてもらおう。みんなそれぞれ考えて、舞台の上でいちばん綺麗に見えるように工夫するんだ」

目をキラキラさせながら語るイザドラに、ソフィは微笑んだ。

この人は本当に、舞台が好きなのだ。

この部屋に入ってきたときの彼女とは別人のように活き活きと表情を変え、踊りの魅力を伝えたいのに言葉で伝えきれないもどかしさにうんうんとうなっている。

「そうだ！」

パンとイザドラが手を打った。

「踊っていい？」

「ええ」

微笑んでこっくりとソフィは頷いた。

イザドラは語彙《ごい》が少ない。語るのもあまり上手ではない。地域学校に通わなかった彼女は、店の中で見よう見まねで言葉と文字を習ったのだろう。

マーサにミミズの死骸と吐き捨てられたそれは、師もいない中、イザドラが生きるために必死で身に付けた、努力の証だ。

「馬鹿だなああたし。最初からそうすりゃよかったんだ」

うきうきと立ち上がり。

「これ使っていい？　あとこれも」

なんの骨かわからない動物の頭蓋骨と、大きな布、貝を手に取った。

「どうぞ」

「じゃあ始めるよ。音楽はないけど、ま、いいや」

布を体全体に巻きつけ、しゃがみ込み、頭蓋骨を頭の上にピタと置いて片手で押さえた。

祈りのポーズに見えた。

片手に持った大きな巻貝の中に砂を入れたらしく、彼女がわずかに手を揺すると、しゃらしゃらと澄んだ音がする。

しゃん、しゃん、しゃん、しゃん
一定のリズムに合わせイザドラの手が下り、頭蓋骨は仮面のようにイザドラの顔を覆う。

しゃん、しゃん、しゃん、しゃん
頭蓋骨のわきからイザドラの顔が覗き、ソフィはドキリとした。

獲物を狙う獣のようであった。

今ソフィのサロンの中に、奇妙な生き物がいる。

リズムに合わせてイザドラの腰がくねり、蛇が鎌首をもたげるようにして立ち上がる。

しゃん！

ひときわ大きな音とともにイザドラは立ち上がり、大きくはためかせた布の中に骨を押し込みばさりと動かした。

先ほどの奇妙な生き物は布に移り、イザドラは人に戻る。

なめらかで、その眼は勇ましい。恐ろしい奇妙な生き物を倒しに来た、戦う女に見える。先ほどまで子どもっぽい態度で語っていたイザドラではない。そこで舞うのは別人の、背のしゃんと伸びた凛々しい女戦士だった。

生き物のように動く布が嚙みつくようにイザドラを覆うたび、いったいどうやっているのかそのたびにイザドラの服がほどけていく。

しゃん、と鳴るごとに布が女を襲う。押し返すイザドラの、剣舞のような舞が美しい。

やがて露わになったイザドラの体は、見事な稜線《りょうせん》を描いていた。

がぶりと生き物が飛び上がり女戦士に嚙みついた。

思わずあっと声を上げるソフィの前で、イザドラの体は布に引き倒され、横たわる。布から出た腕がぱたりと倒れ、しゃららら……、というかすかな音を出して貝が転がっていった。

「ほんとはここからサービスタイムなんだけど、お嬢様に見せるようなもんじゃないからやめとくね」

このあと獣が女戦士を犯すんだ、ととても嬉しそうに、がばと起き上がったイザドラが言う。

「すごいわ！」

パチパチパチとソフィは一生懸命拍手した。

前世でも現世でも舞台など見たこともないソフィだが、すごいということはわかる。

「どうやって考えるの？」

骨も、貝も、布も。たまたまここにあっただけのもので、即興でどうやったらこんな踊りができるのか、ソフィは不思議でならない。

照れたように微笑み、イザドラはそっと自分の胸に手を当てた。

「ここに」

信じてもらえないと思うけど、とイザドラがやはり照れたように言う。

「神様がいるんだよ」

「まあ」

そっと目を閉じ、そこにあたたかいものがあるかのように撫でる。

「あの日、アリアの舞台に飛び込んだ日からずっとここにいる。考えなくても、こうやればいいんだよ、って手本を見せてくれるんだ」

すごいわすごいわとソフィは頬を染めた。

「こんな舞いのあとにあなたの体も見られるのだもの。お客様は二度おいしいわ！」

興奮して変なことを口走るソフィに、それほどでもと笑ったあと、イザドラはふっと目を暗くして、体にかかっていた布をどけた。

白くくぼんだおなかの上に、紫のミミズがひきつれたような、奇妙な多くの曲線があった。

「ああ……」

『はらのせんをけしたい』

産後の女性のおなかに残る、ひきつれた跡。

妊婦の腹は大きく膨らむ。膨らむ速さに追いつけなかった皮は中で切れ、産後でも消えずにこのような跡を残すことがある。イザドラは若いがスリムだから、おなかの膨らみに対して皮の量が足りなかったのだろう。

そうならないようオリーブの油などを塗ってケアすることもあるが、きっとイザドラにはそういうことを教えてくれる人も、周りにいなかったのだ。

「こんな腹じゃもう舞台には上げられないって」

婆が言うんだよ、とイザドラは消え入るような声で続けた。

「アルの……あの子の父親はろくでなしで、あたしがはらんだのを知ってうちから金を盗んでどっかに行った」

ぎゅうっとおなかを抱く。

「アルを育てられるのはあたしだけなのに、あたしは踊ることしかできないのに」

わなわなとイザドラの両の腕が震える。

むき出しの肩にソフィは服をかけた。そのまま、背をゆっくりとさする。

「あたし、あたし」

ブルブルと震えている。

見開かれた赤い瞳から零れ落ちた涙が頬を濡らす。

「こないだあの子をぶったんだ。泣き……泣き声が、あたし、辛くって」

責められているようだった。

まともな仕事も、金もない女がなぜ産んだ。

まともに育てられないくせになぜ産んだ。なぜ産んだと、責められているような気がした。

「……赤ちゃんなのに、そんなわけないのに、あたし」

カッと頭に血が上り。

――あたしに仕事がないのはあんたのせいじゃないか！

大声で叫びながら、その小さな頬を張ったのだと。

罪を犯した、己の震える右手をイザドラはじっと見る。

「……あたし、いいお母さんになりたかったのに」

子を打った手を、ぶるぶる震えるもう一つの手で、罰するようにイザドラは強く握り締めた。

男なんかいなくてもしっかり育てよう。

あたしは絶対にあんな母親になんてならない。あんなふうに、犬のようになんて育てない。

アリアがしてくれたように優しく体を洗ってやって、美味しいご飯をたくさん食べさせてあげよう。そう思っていたのに。

「あたしは……お母さんとおんなじだ！」

うあああああ、とイザドラは泣き崩れた。

うんうん、とソフィは何度も何度も頷きながら、すべすべした細い背中を撫でる。

少々口が悪くても、ミミズのような字しか書けなくても、この子は頑張ってきた。小さい頃からずっと、それこそ人の三倍以上の苦労をして必死で生きてきたのだ。

優しい夫と広い家のある女性だって、産後は心身の調子を崩すものだ。

夫になるべき男に逃げられ、金を奪われ、生きがいであった踊りの場も失った。そんな状況で赤子をひとりでずっと背に負って、いつもにこにこ優しく楽しく笑っていろというほうが無理な話だ。

自分一人で子を育てなければならない、その重さを、ソフィは知っている。

先ほど見たイザドラの子は、元気なように見えた。泣く声は大きかったし、頬はふっくらと丸かった。どこかが汚れている様子もなく、髪の毛はさらさらだった。

打ったのはおそらくそれが最初で最後なのだろう。そうであってほしい。あの子のためにも、この子のためにも。

まだこうして人に話せる、本当に追い詰められる前に、彼女がソフィに手紙を書いてくれて、本当に良かった。

「な……なおるかなぁ、これ」

ようやく涙が治まり、ぐしぐしと鼻を赤くして問うイザドラに、ソフィは微笑む。

「やってみるわ」

後ろから包むように、ソフィはイザドラの腹に手をかざす。

『いたいのいたいのとんでいけ』

イザドラが、大好きな舞台にまた微笑んで立てるように。

『とおくのおやまにとんでいけ』

その生きがいを失わずに、光を浴びて子と生きていけるように。

どうか。


光の消えたそこには、イザドラのツルツルの白いおなかがあった。

「……あぁ……」

イザドラが、その感触を確かめるように手のひらを当て、またはらりと涙を落とした。

「神様……」

彼女の神様はきっと踊りの神様だろう、とソフィは思った。

泣き崩れるイザドラに、どう言って服を着るようにお願いしようかと考えていた。


「それでねイザドラさん」

「あい？」

わっしわっしとケーキを大きい一口で口に運んでいるイザドラに、ピンとソフィは指を立てた。

モグモグごっくんと飲み込んで、きょとんとした顔でイザドラはそれを見ている。

「わたくし、あなたがこのままでいいとは思っておりませんわ」

「なんで？」

あんたのちょっともらっていい？　とフォークでソフィの皿を狙ったイザドラを鼻息で制し、りんりんとベルを鳴らしおかわりを持ってきてもらうようクレアに声をかけた。

「イザドラさん」

「はい」

「あなた、挨拶はできて？」

「……」

この部屋に入ったとき、イザドラは名乗りも挨拶もしていない。

「約束の時間は守れて？」

「……」

今日も自分で指定した時間に遅れて訪れた。

いかに踊りができようが、いかに苦労が多い環境で、一生懸命頑張って生きていようが。最低限の礼節と決まりを守れない人間を、人は助けない。

寄ってくるのは逃げた男のような、同じく礼節と決まりを守らない人間だけだ。

「挨拶は、相手がそこにいることを認め、自らがここにいることを示し、友好的な関係になりたいと思っていることを示す符号です」

「もう少し簡単に言ってくれないかなあ」

「私はここにいます。あなたがそこにいるとわかっています。私はあなたと仲良くしたいと思っていますというわかりやすい共通の合図です」

「ふうん」

フォークをくわえたまま気のない返事をするイザドラを、ソフィはキッと睨みつけた。

「イザドラさん」

「はいっ」

「あなたはこれから、人に助けてもらわなくては生きていけません」

「……なんで？」

あたし今まで全部自分でやったよ、とイザドラはぽかんとしている。

「アル君を守らなくてはいけないからです。あなたはアル君のために、人の手を借りなくてはなりません。そして借りた分は、なんらかの形で返さなくてはなりません」

どうしてだよめんどくさい、あたしの周りなんて嫌なばばあしかいないのにさとイザドラは吐き捨て、じとりとソフィを見た。

「あんたはお金持ちのお嬢様だから、周りにいいやつしかいないんだろうけど、あたしの住んでるとこのやつらなんか本当にいやなばばあばっかりだよ。ねちねちねちねちねち、細かいことをちまちまちまちま、あんなやつらと仲良くなんかできないよ。ダンサーってだけで色眼鏡で見やがるんだ」

そこまで言って、あれ？　とイザドラは首をひねった。

「どうしたの？」

「そういや、アルが生まれる前は夜中に水を浴びるなとか、音がうるさいとかよく言われたのに」

でかいアルの夜泣きの声に、文句を言われたことがない、と。イザドラはぽかんとした顔で呟いた。

ホッとソフィは息を吐いた。

良かった。大丈夫。まだ光はあるのだ。

「アル君にはこれからおっぱいだけではなく、離乳食も作らなくてはなりません。やわらかなものから始めて、それを徐々に大人の食べるものに近づけていく。どの月齢ならどんなものを食べられるのか、知っている人が身近にいなくてはわかりませんわ。それに生まれてから六月もすれば、風邪やら皮膚炎やらとたくさんの病気にかかりますのよ。医師に見せなければならないような深刻なものなのか、お水を取らせて寝かせておけばいいよくある病なのか、経験がある人がいなければわかりません。何より話のできる大人が近くにいることは、絶対にあなたの気持ちを楽にさせますわ」

「ちょっと早口すぎて何言ってんだかわかんなかったけど、……すっごい詳しいね」

産んだの？　と聞かれた。

ほほほ、とソフィは笑ってごまかした。

「元気な子ならもう少し大きくなれば自分で戸を開けて部屋も飛び出します。あなたが少し目を離したときに、飛び出したアル君に『どうしたの』と声をかけてくれる大人の数は、多ければ多いほうがよいのよ」

「……」

「人に頼るのは嫌だというのは、あなたがこれまでずっと自分の足で頑張ってきたからだと思うわ。立派なことだと思うわ。でもこれからはそれではダメなの。あと十数年。これから、もしあなたが倒れたとき、アル君はいったい誰を頼ったらいいのかしら。周りと話して、交わって、頼ったり頼られたりする面倒な関係を、つながりを、アル君のために作っておかなくてはならないの。アル君が何かをしてしまったときはあなたも一緒に周囲に『すみません』と謝らなくてはならないの。『すみません』は親が子どもに言わせる言葉じゃない。子どものために親が言う言葉なの」

「……やったことないから、わかんないんだよ」

イザドラがうなだれた。先ほどまでのどうでもよさげな態度ではなく、本当に困り果てたという様子だった。

　ソフィはそんなイザドラを見て少し悩み、そうだわ、と手を打った。

「まわりのおばさま方を、皆歳を重ねたアリアさんだと思うのはどうかしら」

「あんな底意地の悪いおかめばばあたちをアリアと一緒にしないでよ！」

「思うだけでいいのよ。歳をとったアリアさんが、ちょっと嫌なことが重なってちょっと偏屈になっちゃっているだけと思ってみればいいわ。一人一人が、あなたを洗ってスープを出してくれたアリアさんのなれの果てと思って」

「なれの果て……」

　ひどいこと言うなあとイザドラが半目になった。

「アリアさんとは、その後も仲がよろしいの？」

「ううん。あたしが店に入って二年くらいで、亭主の仕事の都合とかでどっかに行っちゃったよ」

　最後に会ったとき、彼女の目の周りには殴られたようなあざがあったという。

「引き止めたかったけどダメだった。……元気だといいんだけど」

「元気でいると信じましょう。とにかくアリアさんです。皆さんアリアさんだと思って接しましょう。そして挨拶を。たとえ無視されてでも毎日、あきらめずに『あなたと仲良くなりたい』と伝え続けるのです。またアル君が泣いて泣いて、カッとしそうになったら叫びましょう。『どうしていいかわかんないよ、誰か助けて！』と。そこいらの家々に響くような大きな声で」

　きっとどこかのドアが開き、きっと誰かが助けに来てくれる。

　泣き声を聞き、本当は助けたいと思って、手を伸ばしたいのに伸ばせずに歯がゆい思いをしている育児の諸先輩方がきっといる。そう信じるしかない。

これ以上、もうソフィにできることは何もない。イザドラに伝えることしかできない。

「助けていただいたらお菓子でも果物でも、心を込めた感謝の言葉でもいい、必ず返すのです。足や腰のお悪い人ならば荷物を運んで差し上げたり、高いところのものを取って差し上げたり。代わりに買い物に行って差し上げればいいわ。もらったものをもらいっぱなしにして甘え続けるのは絶対にいけないことです」

「はい」

背筋を伸ばして素直に答えたイザドラに、ソフィは微笑む。

「子育ては一人だけ、密室の中だけでは、絶対に無理なの。面倒でも、わからなくても、どうか頑張って人と関わって。部屋の中に昔のあなたがいると思って。部屋の外にはアリアさんがいると思って。どうか、勇気を出して。鍵を外して、扉を開けて」

ぎゅっとイザドラの手を握って必死に言うソフィに、こくんとイザドラが頷いた。

「ウンわかった」

それから上目遣いにソフィを見る。

「ソフィっておばあちゃんみたいだね」

「まあ」

イザドラは照れたように笑い、それからふっと遠い目をして呟いた。

「……お母さんも、そうしてくれてたらよかったな」

「お母様にはきっと、あなたにとってのアリアさんがいなかったのだわ」

そうだね、とイザドラが微笑んだ。

おかわりのケーキを持ったクレアが扉を叩いた。

「いろいろ、ありがと」

「いいえ」

イザドラの腕の中では、ぐっすりと眠ったアル君が寝息を立てている。

小さくて可愛い、やわらかな生き物。

「……可愛いわ」

「ウン」

しばし考え込んでいたイザドラが
「抱く？」

そっとソフィに尋ねた。

「えっ」

戸惑うソフィに、イザドラがすまなそうに眉を下げた。

「最初はごめん。すごくひどい態度だった」

「当たり前のことだわ」

「……うつらないんだよね？」

まだ少し心配そうだが、母親ならば当然のことだろう。

「私を抱っこし続けた父母も、マーサもクレアも、皆ツルツルだわ」

多少しわはあるけど、と口に出さずに呟く。

「じゃあ、もし、よければ」

『もらいっぱなしにしてはいけない』と言ったソフィの言葉を受けて、きっとイザドラは、今の自分がソフィに何を返せるかを考えたのだ。

「ありがとう」

その心遣いに感謝し、微笑みながらやわらかいおくるみごとその体を受け取って、ソフィは肌につけないように注意しながらそっと抱いた。

透明でぷっくりとしたやわらかな頬が見える。唇がちゅっちゅと動き、長いまつげが震えている。腕に伝わるあたたかな息遣いがくすぐったくて、たまらなく愛おしい。じわりと涙が浮いた。

「可愛い……」

その姿を、じっと考え込むように見ていたイザドラが、何かを決意したように口を開く。

「ソフィ、あのね」

「はい」

「あたし、せっかくここをあんたに治してもらったけど、いずれ……」

腹に当てていた手を、そっと胸……イザドラの神様の上に当てる。

「服を脱がない踊りで人を喜ばせたいんだ。あたしの神様みたいに」

「ええ」

真っ赤な夕日を背に、それに負けない燃えるような情熱と生命力を全身から立ち上らせる女性を見つめ、ソフィはにっこりと笑う。

「できるわ。必ず」

確信を持って、ソフィは答えた。

子を負い、振り返り振り返りして去っていくイザドラの背中が見えなくなるまで、ソフィは母とともに見送った。

「……孫が欲しくなりましたわ」

「言われると思いましたわ」

夕飯は何かしら、とソフィが弾むような足取りで屋敷に戻っていく。

子猫のような泣き声と甘やかな香りが、屋敷にはまだ、残っているようだった。

✶

「ソフィ様、クルト＝オズホーン師がお見えです。お通ししますか」

「ええ、お願い」

「はい。扉は」

「開けておいてちょうだい」

「はい」

「ソフィ嬢、失礼する」

やっぱりそう言って、今日も四角い男は現れた。

せっせと編み棒を動かしていたソフィは、『どうぞ』と答え、顔を上げた。

「本を返しに来ました。おや」

ソフィの編んでいるものに目を留め、オズホーンが声を上げた。

「ご懐妊ですかソフィ嬢。おめでとうございますいったいどうやって。婚約者もいないのに」

「出会い頭に失礼な。わたくしのものではございません、友人への贈り物です」

ソフィが編んでいるのは小さな靴下である。

寒くなる前にアル君にあげられたらいいなと思って、イザドラを見送ってから編み始めたのだ。

やわらかな赤い毛糸で半分まで編まれたそれを、ソフィは微笑みながら見つめる。オズホーンが真顔でそんなソフィを見つめる。

「なるほど。衣服の贈り物というのは色の趣味が合わないと喜ばれないと聞きますが大丈夫ですか」

「なんでも真実を言えばいいというものではないのよ、オズホーン様」

興を削《そ》がれ、ソフィは編み棒を置いた。

オズホーンを見上げる。相変わらずのつるつるとしたくそ真面目な顔である。

何一つ気にすることなくオズホーンはスタスタと本棚に歩み寄り、正しく元あった場所に本を戻した。感想の聞きたいソフィはソワソワする。

「楽しくお読みいただけましたかしら」

「はい。一〇回ほど読みましたが物足りないくらいです。ところでソフィ嬢」

「はい」

「本日は私の癒術を、お受けいただけないだろうか」

ソフィは目の前の男の顔を呆然と見た。整ったそれは、相変わらずピクリともしていない。

「癒師が所属する癒院以外で癒術を使うには、国の許可が必要です。三級以上の癒師は緊急の場合に限り己の判断でそれを使う権限がありますが、緊急以外でみだりに使用すれば罰せられることもあります」

「……今は緊急ではないわ」

「はい。なのでここだけの話、内密に願います」

そのままの顔で彼はそう言った。

ソフィは自分の唇が震えているのを感じている。

「……いけません」

「本来は癒師が任務以外でマナを減らすことに対する対策です。皮一枚ほどの治癒に、私のマナは削られない」

「……」

ぎゅっとソフィは唇を噛み締める。オズホーンは目を逸らさない。

「ソフィ嬢、私は前にも申し上げた通り、あなたの皮膚の炎症をなんとも思わない」

「……はい」

「だがどうやらあなたは気になさっておられる。なぜそうなるのかは理解できかねますが、あなたの尊厳は、その皮膚によりひどく傷つけられているのでしょう」

「……」

「あなただって癒されていいはずだ」

泣きそうになった。

この人はどうしてこうなのだろう。

くそ真面目な顔でソフィを見つめ、淡々とした声でソフィの心を乱してくる。

「……きっと無駄です。また、元通りになるわ」

「試してみなければわかりません。試して駄目なら別のやり方を試みる。そうやって癒術は進歩してきました」

「……」

「なので今日は駄目でも私を責めないように」

真面目な顔で言うのでソフィは思わず噴き出した。

「わかりました。どうぞよろしくお願いいたします、オズホーン様」

ぱたんとソフィは扉を閉めた。

「よろしいのですか」

「はい。秘密ですから。オズホーン様を信用しております」

「されすぎるのも困りものだ」

「何かおっしゃいまして?」

「いいえ」


ソフィは椅子に腰かけている。

向き合った正面の椅子に、オズホーンが座っている。

オズホーンの大きな手のひらがソフィの顔にかざされた。

ソフィは目を閉じた。

どきん、どきんと胸が跳ねるのを感じている。

瞼を通して、明るい光が見える。

熱い、と思った。

肌を突き刺す、痛みにも似た熱さがソフィの顔を包んだ。

それは『癒し』というには激しすぎる、灼熱の太陽の光のような熱だった。

光が消えた。

目を開ける。

頬にそっと手をやれば、つるり、とした感触がした。

心が跳ねた。

しかし次の瞬間、ぼこ、と地面が割れるように肌が隆起し、固いものがぼこ、ぼこ、ぼこと顔を覆うのがわかった。

「……」

「……ソフィ嬢」

「……いいえ、いいの。試したけど駄目だった、ということがわかったのだもの」

微笑み、口ではそう言いながら、涙が頬を伝うのがわかった。

それは次々に湧き出し、止まらない。

ソフィは期待したのだ。

オズホーンの力ならあるいは。

あるいは、と。

嗚咽まで漏れそうになり、ソフィは慌てて口を押さえ必死に息を吸い、なんとかそれをおさめようとした。

男の腕が女の揺れる肩に向かってわずかに動き、逡巡《しゅんじゅん》ののちに下ろされたことに、涙に濡れるソフィは気づかない。

「今日はあなたを泣かせる予定がなかった」

「ごめんなさい……」

「だからハンカチを忘れました。笑っていただく予定だったから」

「いいえ、どうか謝らないで。……泣いたりしてごめんなさい」

ありがとうございました。と必死に微笑みを作ってからソフィは頭を下げた。

じっとオズホーンはそれを見ている。

「……癒せないことが、こんなにつらいとは知らなかった」

「……」

「癒して差し上げたかった。力及ばず、申し訳ありません」

どうしてもそれを止めることができず、ソフィは泣いた。

オズホーンはいつもの顔で、それをじっと見つめていた。


すんすんと鼻を鳴らしながら、ようやく涙の引いたソフィはソファで靴下を編んでいる。

オズホーンは椅子で本を読んでいる。

「ところでソフィ嬢」

「婚約者ならいませんわ」

「子どもがお好きなのですか」

予想外の質問に思わずソフィは手を止める。

ふわり、と、アル君の甘い香りが思い出された。

やわらかく小さな手。貝の赤ちゃんみたいに薄い、小さな爪。やわらかな頬。

大人を信じ切って全身でくっつく、どこまでも可愛らしい生き物。

「……大好きです。いつか産みたいわ」

「婚約者もいないのに」

「ええ、いつかはです。でも……」

ふっ、とソフィは考えた。

ソフィのこのぼこぼこは、体にもある。特にひじとひざなど、ほとんど岩のようだ。

「子作りが問題ですわね。わたくしと肌を合わせたら、殿方は誰だって傷だらけの血みどろの、変な汁まみれになるわ」

ほほほと笑いながらやけっぱちに言って、言った言葉に痛みが走り、悲しくなった。

『あなただって癒されていいはずだ』

そう。確かにソフィもそれを望んでいたのだ。

人を癒し、癒えていく人々の肌を見て。

『私の番はまだかしら？』、と。

心のどこかで思っていた。

期待していた。だからあんなに悲しかった。

まだ自分の番が来ないことが。いつ来るのかわからないことが、悲しかった。

オズホーンで駄目ならば、いったい誰にソフィを治せるのだろう。

治る日など来るのだろうか。一生このまま、恋することも、子をもうけることも諦めて、人の肌を癒し続ける化物であり続けるのだろうか。

「傷だらけの血みどろの、変な汁まみれになってでもあなたと肌を合わせたいと心から願う男がいたら」

いつの間にかオズホーンがソファの脇に立っていた。

顔を上げる。目が合う。

「その男の心を受け入れてくださいますか、ソフィ嬢」

まっすぐな目が、ソフィを見ていた。

この人はいつもまっすぐだ。

そらすことも、飾ることもなく。

相手の心の深い場所を、最短距離でまっすぐに突き刺す。

「……今日はもう遅いわ、オズホーン様」

ソフィは編み棒をそっと置いた。

「間もなく夕餉《ゆうげ》の時間ですので、申し訳ありませんがお引き取りください」

オズホーンが新しい本を抱えて去っていく。

その大きな背中が扉の向こうに消えたのを確認してから、ソファに座り。

顔を覆って、ソフィは泣いた。

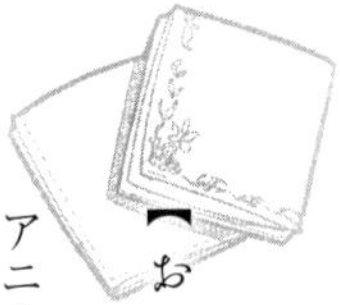

【おまけの一枚】アニー＝クロコダイル

アニー＝クロコダイルは御簾の中優雅に座している。

黒い鱗がつやつやと輝き、麗しく光を反射させている。

「アニー様」

「ええ」

「ジョセフ＝アバスカルが目通しを願っております」

「通しなさい」

扉が開き、長身の影が御簾の向こうに跪《ひざまず》いた。

ごくりとアニーは唾を飲み込む。ワニの喉が揺れる。

『発狂されたら事ですし』

アニーは言った。だが知っている。

彼は必ずや、発狂するということを。

「上げなさい」

「は」

御簾が上げられる。アニーは金色の目で、目の前の男の銀眼鏡の縁に囲まれた目が見開かれるのを見ていた。


彼に初めて出会ったのは、アニーが一二歳のある日のことであった。

父様に連れられワニの養殖場とそこに隣り合う研究所を訪れたアニーは、目に映るすべてのものに衝撃を受けていた。

クロコダイル国はワニの恩恵により生かされていると、何度も何度も父と母はアニーに伝えた。城のあちこちには多くのワニの金像や銅像があり、アニーは彼らを尊敬し感謝すべき存在であると思い信じながら育った。

その日の父は容赦なく、アニーにすべての現実を見せた。アニーならば受け入れ耐えられると思ったからか、王としての心構えを育てんとしてそうしたのか、わからない。だがその日アニーはすべてを見た。自分たちを生かしてくれる彼らが、どういう過程を経て自分たちを生かし、国を支える存在になってくれているのか。そのすべてを。

「……」

一人で外の空気を吸いたい、と言った娘に、少女なりの誇りを感じたのだろう。父は許した。国の重要施設だ。守りに守られた研究所のその中庭。王家に忠誠を誓う、戦力を持たぬ選び抜かれた研究者しかいない。

中庭に出、アニーは木の下に座った。そして膝を抱き、泣いた。己が負うべき、罪の深さ、それでも負わぬわけにはいかぬその責任の重さに震えた。怖くて、苦しくて、悲しい。アニーは幼き日よりずっと、ワニが好きだ。

だが先人たちを残酷だと責めようとは思わない。かつて産業と技術のない未開の地だったこの国に富をもたらしたものが彼らの犠牲なのだとしたら、アニーはその責を引き継ぎ、彼らの血を浴びなくてはならない。誰かがそれをしなくてはこの国は潤わず、国民が飢える。アニーはそれをしなくてはならない。王女だからだ。アニーの背にはこれから、多くの国民の生活と命がのるのだから。

「うう……」

がさり、と木の裏側から音がしてアニーははっとする。そして慌てて目元を拭った。

「何者だ」

声が震えぬよう気を張って、下々のものにする口調でアニーは尋ねた。

「ジョセフ＝アバスカルと申します。研究者です」

若い男の声が返る。

「そうか。そんなところで何をしている」

「先ほど少々事故が起き、血の気が戻るまでと休んでおりました」

「血の気？」

そっとアニーは木の向こうを覗き込んだ。二〇代の前半だろう。黒髪が跳ね、年代物の眼鏡がずり下がっている。

腕からぽたりぽたりと血が落ちている。アニーは目を見張った。

「怪我を」

「私の不注意です」

「なぜ癒師を呼ばないの」

「不要です」

穏やかそうな見た目とは反対の硬い声が言った。

「私がつい熱中し、定められた距離を超え近づいた。危険を感じとっさに身を守った彼に、なんらの咎もございません。こんなことで彼が処分されたら私は死んでも死にきれない」

「彼とは」

「第二研究室の紫ワニです」

「そう。腕が落ちるわよ」

「……」

腕の根本を押さえていたらしい布を見て、男は不安げな顔をした。

「やはりそうですよね」

「色付きのワニは毒を持つものもいる。そんなことはあなたのほうが知っているでしょう」

「はい」

男は止まる様子もなく血の溢れ続ける己の腕をじっと見た。

「試験管が振れなくなってしまう……」

「そこなの」

これは相当の研究馬鹿だわとアニーは思った。己の身よりワニを案じ、己の腕が腐り落ちることよりも研究を案じる馬鹿。

ふうっと気が抜けた。こんな状況なのに彼はどこかのんきで、やわらかい。

唇を引き結びアニーは命じる。女王の、為政者の声で。

「癒師を呼べジョセフ＝アバスカル。適切な処置を受けたうえで起きたことを正しく報告し、正しく処分を受けよ。ワニに咎がないのならそれはそなたにある。そなたが罰を受けよ。だが傷は残すな。試験管を振るそなたの腕は、我が国の宝である」

「……」

男はアニーを眼鏡越しにまっすぐ見た。そしてふっと笑う。その奥行きある大河のごとき群青色に、アニーはどきりとした。

「はい、アニー王女」

「わたくしを知っていて？」

「もちろんでございます。お美しくご聡明なる、我が国の宝」

「……」

アニーはうつむいた。

そのご聡明なるはずの王女はめそめそ泣いていたのだ。己が負うべき責任が怖くて。

どうしてだろう。言いたい、アニーが飲み込んだ、誰にも言えない言葉を。

なぜだろうこの男ならば笑いも馬鹿にもせず、それを聞いてくれるような気がした。

「……ワニを」

「はい」

「……苦しませずに皮を剝ぐ方法はないのかしら」

「……」

ぽろぽろと涙が落ちた。流してはならぬ涙だと知りながら、止まらない。

「いずれは他の産業を育て、彼らと彼らを狩る者たちの犠牲なくしても保てる国にしたい。でもそれにはまだ、長い時がかかる。私の代でもそれが叶うかもわからない。……ならば、せめてその日まで」

「……」

「せめて……」

暴れのたうち回る彼ら。声を持たぬ彼ら。

かわいそう、なんて、子どものような感傷を簡単に口にしてはならない。そうしなければ国は富まず人が飢えるのだから。人が死ぬのだから。

だがせめて、彼らが眠るように、痛みを感じずに天に向かうことはできないのだろうか。それが己の心を守るための偽善であることを知りながら、アニーは願わずにはいられない。

「……」

アニーの涙を、若き研究者が見ている。深い青の目で。

「わたくしも、それを考えました。アニー様、現在わたくしは、麻酔の研究をしております」

「麻酔?」

アニーは男を見た。男はやわらかく少女を見返す。

「彼らが痛みを感じず、しかし色を変えずに皮を剝ぐことのできる薬を。まだ、初期の初期。研究の初めでございます」

「……」

男の手が懐から布を取り出し、アニーに渡す。

アニーは受け取り目を拭った。質素であるが清潔なそこに、何かほの明るい可能性を感じたような心持ちになり、新しい涙は浮かばない。

深い水のような目で、研究者はそれを見ている。

「花、果実、彫金技術。育っておりますがまだ国の予算を賄うほどにまでは育ってはおりません。わたくしは何度も試算し、やはりワニの革はまだしばらく国に必要不可欠であると判断いたしました。それならば、彼らをよく知り、尊き彼らの苦しみがわずかでも減ればと願い、研究者になりました。国の未来たるアニー様が同じお考えであることが知れ、わたくしは心より嬉しく思います」

「……」

男はやはりじっとアニーを見る。不躾なほどのそのまっすぐな視線を、アニーは不敬とは感じなかった。

「ワニにより生計を立てる者の数を思えば、いかに早くとも叶うのは我らの子の代、孫の代になりましょう。それでもその方向に未来の女王陛下であらせられるアニー様が舵《かじ》を切ろうとお思いであることが知れ、わたくしは嬉しくてたまりません。お美しく、ご聡明で、人に、ワニにまでも慈悲深い。貴方様を王に戴《いただ》ける我々クロコダイル国の民は幸せ者でございます」

「……」

また新たに溢れた涙を、アニーはもう拭わなかった。

アニーは自らの懐から細工の細やかな布を取り出し、男の腕に巻く。

「……癒師を呼べ。必ず正しく治すことだ」

「はい」

男は巻かれた布を見、立ち上がった。痩せているが、ひょろりと大きい。

二人は見つめ合った。そこに流れるあたたかさに戸惑いながら、アニーは王女の顔を保った。

「励め。ジョセフ＝アバスカル」

「は」

男が礼をする。アニーは背を向け歩む。

胸のうちに湧いた初めてのあたたかなものをアニーは自覚しながらも、歯を食いしばり無理矢理にうちに押し込めた。

アニーは王女。そのようなものを胸に飼うことを、許される立場ではないと知っている。

ぽろぽろと涙が落ちる。手にあった布でそれを拭い、ハッとしてそれをうち捨てようとし、できなかった。

飾りけも何もないその白い布を見、ぎゅっと胸に抱き、懐へとしまう。

胸を押さえ息を吸う。己の立場を思う。国を想う。

涙を拭き、王女の顔を保った。アニーはクロコダイル国の次期王であるからだ。


懐に押し込めた質素な布の感触が、いつまでもそこに残っていた。


御簾を上げた先、あれから五年経っても変わらぬ研究馬鹿の、一見黒だがよく見れば青い目が見開かれ、輝いている。

「……アニー様?」

「アニー=クロコダイルである。声くらいは覚えているだろう。久しいなジョセフ」

「……」

青い目が爛々《らんらん》と輝き、大いなる熱を持ってアニーを見つめる。

腰が浮いている。腕を伸ばしたくてウズウズしているのがわかる。喜びのあまり発狂すると踏んだが思ったより理性があったらしい。ふうと息を吐き、アニーは椅子を立ち男に歩み寄った。ペタペタと。

「なんだ。喉の奥を見たいか? 口に腕を突っ込みたいか? よかろうなんでも言え。そなたの研究の役に立つならば考えよう」

「よろしいのでございますか⁉　お触れしても⁉」

「許す」

「失礼いたします！」

男は勢いよく立ち上がり跪き、アニーの手を取って恭しく撫でた。頬の赤み、目の輝きが尋常ではない。今すぐ体のあちこちをひっくり返して計測したくてたまらないことであろう。

やはりなとアニーは思った。こうなることなどわかりきっていた。

「お背もよろしいでしょうか」

「勝手にしろ。ジョセフ」

「はい、アニー様」

「追って父より命が下ろう。そなたはわたくしの夫となる」

「……」

「この姿を見て、わたくしを妻にできることを喜べる男などそなたくらいであるからな。応じるか？」

「無論でございます」

間髪入れずに男は答えた。頬を染め、心から嬉しそうに。

良かった、と安堵しながら、アニーは心に残る寂しさに震えた。

この男はワニが大好きだ。

では、アニーは？

ワニ姿ではないアニーを、この男は好いているのだろうか。

考えるな、とアニーは微《かす》かに首を振る。気にするようなことではない。王族の婚姻に、心など求めてはならぬのだから。

ぴち、と手の甲に水滴を感じアニーは顔を上げた、ジョセフが泣いている。

「泣くほど嬉しいか……」

やはりこいつは並外れた変態だとアニーは思う。ワニ馬鹿。研究狂い。熱中すれば食事さえ忘れる根っからの研究馬鹿。

「無論でございます。……あの日の貴方様の、あの誇り高く慈悲深い涙が、強くあろうと背筋を正すお姿が、己を律しようと張られた、震えるお声が、この胸から消えたことは、一日たりともございません」

男は懐から布を取り出した。あの日アニーが、この男の腕に巻いてやった布だ。

「……」

「いかにもパッとしない、女性を楽しませることもできぬ、研究馬鹿。日を追うごとにお美しくなられる貴方様への身の程知らずの思慕を、何年、何度押し込めようと胸から消すことは叶いませんでした。せめて我が研究が、少しでも貴方様の治世のお役に立てばと、ただ、必死に。……まさか、こんな喜びが、この身に訪れようとは」

男の手は震え、愛しげにアニーの手の皮を包む。

「……ましてこのようなさらなるお美しい姿までもったいなくもお見せいただいて。ああ、もう死んでもいい」

「死なれては困る。子を作らねばならぬのだから」

「何十個でも産んでください」

「卵が出る前提で話すな」

ぺしりと尻尾で男を叩きながら、そっと目を閉じ、やがてアニーは涙した。ぽろんぽろんと。

『アニーの偽りのないどちらの姿も愛してもらえるのではと思うの』

ええ。と、アニーはその美しい声を思い出しながら微笑んだ。

いた。とんでもない馬鹿が。どちらの姿も、アニーの、流してはならない涙さえ愛する大馬鹿が。

いつかこの人と一緒に、彼女に会いに行きたいとアニーは思う。彼女が自分のことのように喜び、優しく微笑んでくれることを、アニーは知っている。


窓の外を見る。もはや遠い、色鮮やかな港街を思う。

幸を。あの屋敷の中の、優しくあたたかな美しい人にとアニーは願う。

光を。きっと傷ついている、やわらかなあなたにと願う。


愛しい者に見つめられ、優しく手のひらを撫でられながらアニーは願った。このあたたかさを、この幸せを、どうか彼女にも、と。


ぽろん、ぽろんと涙が落ちる。

懐から布を取り出し男がそれを拭った。相変わらず素っ気のない白い布を見て、アニーはそっと微笑んだ。

化物嬢ソフィのサロン　～ごきげんよう。皮一枚なら治せますわ～／了

MAG Garden NOVELS

化物嬢ソフィのサロン
～ごきげんよう。皮一枚なら治せますわ～

発行日　2023年8月25日 初版発行

著者 紺染幸　イラスト ハレのちハレタ

発行人　保坂嘉弘

発行所　株式会社マッグガーデン
〒102-8019 東京都千代田区五番町6-2
ホーマットホライゾンビル5F
編集 TEL：03-3515-3872　FAX：03-3262-5557
営業 TEL：03-3515-3871　FAX：03-3262-3436

印刷所　株式会社広済堂ネクスト

担当編集　須田房子（シュガーフォックス）

装　幀　ZZZAWA design＋矢部政人

本書は、「小説家になろう」（https://syosetu.com/）作品に、加筆と修正を入れて書籍化したものです。

ISBN978-4-8000-1355-2 C0093　Printed in Japan

著者へのファンレター・感想等は〒102-8019（株）マッグガーデン気付
「紺染幸先生」係、「ハレのちハレタ先生」係までお送りください。